新 潮 文 庫

高 熱 隧 道

吉 村 昭 著

新 潮 社 版

2270

高熱隧《ずい》道《どう》

一

引き上げられた遺体は、陸軍少尉《しょうい》の肩章《けんしょう》をつけている若い男だった。軍服から露出した顔や手の先には青い斑点《はんてん》がみられ、歯列はかたく閉じられていた。

発見されたのはダムの取水口《しゅすいこう》に近い水面で、事故のおこった箇所からはかなりはなれた所であった。おそらく沈んだ遺体は、湖に流れこむ黒部川のはげしい水の流れにおされて、堰堤《えんてい》の附近まで押し流されてきたものにちがいなかった。

湖上で行方がわからなくなったのは、富山第三十五聯隊《れんたい》所属の中尉、少尉ら青年将校七名であった。かれらはその日の正午過ぎ、新緑におおわれた山腹の路《みち》を連れ立ってくると、小屋平ダムの日本電力株式会社管理事務所をおとずれた。そして、ダムの貯水湖の岸にもやわれた大型ボートの借用許可を得ると、湖の上に漕《こ》ぎ出した。

事故を目撃したのは、測水作業をおこなっていたダムの勤務員であった。その男の話によると、上流からの水が湖に流れこむあたりにボートが近づいた時、不意に揺れながら同じ水面をまわりはじめ、その直後狼狽《ろうばい》したらしい将校の一人が立ち上るのが見えたと同時に舟《ふね》は大きく傾き、かれらもそのまま湖面に投げ出された、という。ボートの周辺ではしばらくの間水しぶきがあがるのがみられたが、ダムの勤務員たちが急いで舟を近づけた時には、舟底をさらした大型ボートの傍《そば》にも人の姿はみられなかったという。

地元の警察署員・警防団員と、そして富山聯隊から急派された将校・下士官・兵たちが、行方不明者の捜索に当った。かれらの捜索は夜を徹してつづけられたが、二週間後の捜索打ちきり日までに収容できたのは結局四遺体だけで、残る三遺体はその後も発見することはできなかった。湖といっても水をせきとめて湛水《たんすい》された人造湖であるため、その湖底一帯には自然のままの樹林がひろがり、沈んだ三遺体もそれらの密度の濃い樹木の群れの中にまぎれ込んで浮上しなかったのだ。

かれらの中には、水泳の巧みな者も多かったが、若くしかも体力にも恵まれたかれらが一人残らず水死してしまったのは、黒部川の特殊な性格に原因のすべてがあったと言っていい。それは、黒部川の水が、渓谷《けいこく》一帯のおびただしい根雪《ねゆき》の融水をふくんでいるため平均水温摂氏四度という冷たさで、日本の河川中最も低いその水温が、水中に投げだされたかれらの心臓をたちまち麻痺《まひ》させてしまったものにちがいなかった。

四箇《こ》の遺体は、毛布につつまれ宇奈月《うなづき》町までおろされて遺族に引き渡されたが、富山聯隊はこの事故についての報道をかたくさしとめた。十カ月前——昭和十二年七月七日に勃発《ぼっぱつ》した中国大陸の戦火は拡大の一途をたどり、近衛文麿《このえふみまろ》首相の「国民政府を相手とせず」という趣旨の声明もおこなわれて、漸《よう》く長期消耗戦の様相を露骨にしめしはじめた頃《ころ》であった。そして国家総動員法の施行にともなって報道関係の規制もきびしさを増し、新聞や雑誌も華々しい戦果と一般庶民の銃後美談にその紙面の大半をついやしていた。そうした空気の中で、七人の青年将校の悠長《ゆうちょう》な舟遊びによる死の報道は、当然、軍としては好ましくないことであったのだ。

富山聯隊では、その不祥事を陸軍省へ報告するため、かれら七名の事故前の動きをひそかに調査した。それによれば、かれらは、聯隊の営門を出ると富山市から宇奈月町に行き、昭和十一年六月日本電力の手で開通された黒部鉄道の軌道車に乗って黒部川沿いにさかのぼり、小屋平を経て宇奈月から二〇・四キロメートル上流に位置する軌道の終点欅平《けやきだいら》まで行っている。そこから上流は、通行がきわめて危険なため一般乗客はその地点で引き返していたが、かれら将校たちは大胆にもさらに黒部渓谷の奥へと足をふみ入れた。

その欅平から上流仙人谷《せんにんだに》までの直線距離六キロメートル弱の険阻な黒部渓谷には、黒部第三発電所の電源開発工事が積極的にすすめられていた。仙人谷にダムを構築し、そこでせきとめられた貯水湖の水を水路トンネルで下流に送り、一挙に落水させて欅平の発電所で八八、〇〇〇KWの電力を生み出そうという計画だった。そのため欅平から仙人谷にいたる峨々《がが》とそびえ立つ山塊に、水路トンネル・ダム構築その他《ほか》に必要な工事用資材を輸送する軌道トンネルの掘鑿《くっさく》がおこなわれていたのだ。

将校たちは、崖《がけ》ぷちに細々と通じた工事関係者の往来する唯一《ゆいいつ》の通路をつたわりながら、蜆坂谷《しじみざかだに》、志合谷《しあい》、折尾谷を経て阿曾原《あぞはら》谷までたどりついた。そして、阿曾原谷・仙人谷間の軌道トンネル工事を担当している佐川組の工事事務所をおとずれると、掘鑿工事中の坑内見学を申し出《い》でた。

かれら将校たちは、佐川組の請負っている軌道トンネル工事が世界隧道《ずいどう》工事史上きわめて特異な性格をもつものであることを、県内紙の紹介記事から知っていた。その記事によると、隧道は温泉の湧出《ゆうしゅつ》する地帯を強引につらぬこうとするもので、坑内には熱い湯気が充満し、一般の者はその熱さのために坑道の奥にまで達することは到底できないほどだと説明されていた。七人の青年将校たちは、近々のうちに中国大陸の戦場へ派遣されることになっていたのだが、内地での思い出の一つとして、特別にあたえられた休暇を隧道工事の見学にあてようと企てたのだ。

かれらの申し出でを受けた第一工区工事課長藤平健吾は、許可をあたえるべきかどうか判断に苦しんで、志合谷工事現場におもむいている工事事務所長根津太兵衛に電話連絡をとった。

根津たち工事関係の幹部技師たちは、実際の工事現場を関係者以外の眼《め》には絶対にふれさせたくなかった。労働環境の改善は一般的な問題になっていたが、青年将校たちが見学を申し出でた阿曾原谷横坑の坑内には、人間が作業をする環境とは程遠い特殊な世界が形づくられていたのだ。その実情を一般の者が知ったとしたら、当然そこからは労務者虐使《ぎゃくし》という批判が生れるし、ひろく社会問題として糾弾されるおそれが多分にあった。そうした世論は公《おお》けの機関をも動かして、工事中止命令の発令にまで発展する可能性を十分にはらんでいた。

新聞記者たちの見学申し入れがあった時も、根津たちはそれをどのように処理すべきかひどく迷った。が、すげなく拒否することは却《かえ》ってかれらの疑惑を招くおそれも予想されるし、それに熱さになれないかれらには坑道の奥までたどりつくことなど到底できまいというたかをくくった気持もあって、やむなくかれらに見学許可をあたえた。

その期待は見事に的中して、かれらは坑内の熱さと立ちこめる湯気に堪《た》えきれずに、坑道の半ばにまで達しないうちに息を喘《あえ》がせながら引き返してきた。

幸いその折取材した記者たちの書いた記事は、「難工事に奮闘する地下産業戦士」という見出しで、坑道内の高熱につつまれた労働環境も逆に戦時下の産業美談を強調する素材として扱われていた。その上、人夫からきき出したらしい坑内の岩盤温度の数字も、実際は摂氏温度であるのに華氏の温度と錯覚して紹介していた。

工事の監視にあたる県でも、その労働環境が常軌を逸したものであることは十分に気づいていたらしいが、視察にくる監督官も坑道の途中から引き返してその実態は確認してはいない。それに黒部第三発電所の完工が阪神地方の戦時下の工業力に大きな意義をもつものだということから軍の要請もきわめて強く、県でも終始黙認という姿勢をとっているのである。が、その実態が一般に知れわたって社会問題化すれば、監督官庁としてもそれ以上は黙認しているわけにもいかないのだ。

そうした事情の下に工事をすすめている根津たちにとって、青年将校たちの物見遊山《ものみゆさん》的な見学申し出では、きわめて煩《わずら》わしいことであった。

藤平からの連絡を受けた根津も、すっかり苦りきってしばらくは電話口で黙っていた。たしかに新聞記者などとは性質もちがうのでその内情が即座に知れわたるおそれはないだろうが、将校たちは誇らしさも手伝って誰彼《だれかれ》となく坑内温度の異常さを話しまわるにちがいない。そしてそれは、人の口から口へとひろがって、根津たちをおそれさせる結果を招く可能性も生れてくる。

が、根津は、結局かれらの申し出でに許可をあたえることを指示した。おそらく将校たちも新聞記者たちと同じように、坑道の中途で引き返してしまうにちがいないと判断したからだった。坑道内の熱さは、十分それに順応した者でなければ決して堪えられるものではない。工事を監督する技師ですら坑外に出た直後失神してしまった者もあるのだ。

青年将校たちは、連れ立って坑内へ姿を消した。が、根津たちの期待は完全に裏切られた。かれら七人の将校たちは、互にはげまし合いながらともかくも坑道の最尖端《さいせんたん》――切端《きりは》にまでたどりついてしまったのである。

坑外に出てきたかれらの顔は熱のために赤くむくみ、手や首筋には所々に火ぶくれができていた。が、かれらは一様に足どりもしっかりしていて、汗にぬれた体を人夫宿舎の浴室で洗い流すと、興奮した表情で阿曾原谷をはなれて行った。

藤平は、呆《あき》れてかれらの遠ざかる姿を見送った。若いかれらは、おそらく会う人ごとに異様な坑内の光景を熱っぽい口調でしゃべりまくるにちがいない。それは、工事の責任を負う藤平たちにとって、この上ない迷惑なことであった。

だがそれから数日後、小屋平ダムの貯水湖で富山聯隊所属の将校たちの水死事故が起ったという話が、渓谷をのぼってきた人夫たちの口からつたえられた。水死した将校の数が七名である点に、根津も藤平も期待をいだいた。そして、水死事故の調査にあたっている富山聯隊の将校が兵をともなってやってきたことで、その期待が事実となったことを知らされた。

調査係の将校は、質問をしながらも浮かない表情をしていた。そして、青年将校たちの死をなるべく口外しないようにとつけ加えて、谷を去って行った。

藤平は、根津と顔を見合わせた。これで坑内の実情が外部にもれないですむ。——かれらの顔には、同じようなかすかなゆるみが湧《わ》いていた。

日本電力株式会社の計画した黒部第三発電所建設工事がはじまったのは、昭和十一年八月中旬であった。

その大工事の入札には全国の主要な土木会社が参加したが、結局落札に成功したのは、大林組、佐川組、加瀬組の三土木会社であった。

工事は三工区にわけられ、第一工区は加瀬組で、黒部渓谷の上流仙人谷でのダム構築・取水口・沈砂池の建設とそれに仙人谷から下流方向の阿曾原谷附近までの水路・軌道トンネルの掘鑿、第二工区の佐川組は、折尾谷から志合谷を経て蜆坂谷附近までのいわば中流部分の水路・軌道トンネルの掘鑿、第三工区の大林組は、下流部分にあたる水路・軌道トンネルの掘鑿と欅平に設けられる竪坑《たてこう》（エレベーター使用）と発電所の建設工事を、それぞれ分担して請負うことにきまった。

落札と同時に、各組は、一斉《いっせい》に工事準備に着手した。

佐川組でも根津太兵衛を工事事務所長に、藤平健吾を工事課長に、社のすべての技師を動員し、請負関係にある数多くの人夫頭・人夫を擁する配下に召集をかけて、ただちに工事に使用する機器類・資材などの搬入をはじめた。

佐川組の工事根拠地に予定しているのは、折尾谷、志合谷の二カ所で、欅平から志合谷まで約七キロメートル、折尾谷まで約一一キロメートルの道程がある。しかも、その途中の道は、決して道などといえるものではなかった。

北アルプスの北半部にあたる黒部渓谷は、本州の中央部に位置していて、丁度細長い本州の南北から地《ち》殻《かく》的な圧力をうけているかのように隆起現象にさらされ、それ自身の造山運動のはげしさに加えて夏の豪雨洪水《こうずい》と冬の豪雪雪崩《なだれ》による地形の侵蝕《しんしょく》によって、谷は深く崖は急峻《きゅうしゅん》をきわめている。殊《こと》に欅平から上流は、道をつけようにもその足がかりさえなく、猿《さる》やカモシカなどの野生動物もたどることはできない地域であった。

しかし、日本の最多雨地帯でありその上十五分の一から二十分の一という大きな河川勾配《こうばい》をもつ黒部渓谷は瀑布《ばくふ》の連続で、早くから電源開発の最好適地として注目され、下流から徐々に合計十箇のダムが構築されてきている。さらに欅平から上流の渓谷にもダム建設の計画がきざして、その調査のために遠く大正七年夏にはすでに、電力関係の調査班が地元の猟師の覚束《おぼつか》ない案内で初めて渓谷の上流に足をふみ入れた。

かれらは、岩の割れ目や草木の根を唯一の足がかりとして黒部川左岸沿いに溯行《そこう》し、四〇〇メートルにおよぶ岩壁をものり越えて立山《たてやま》方面へぬけることに成功した。その折たどったルートを基礎に、大正十三年夏には測量用足がかり通路としてそのルートの改修をおこない、徐々に通路を補修して測量班もしばしば谷に分け入ることが可能になった。しかし、その日本電力歩道―略称日電歩道は、やはり道という一般的な概念からははるかに程遠いものがあった。

道といっても、その半ばは切り立った崖の岩肌《いわはだ》をコの字型に刻みこんだもので、その幅員《ふくいん》もわずかに六〇センチほどしかない。その上至る所に桟道《さんどう》と称するものがあって、ボルトを崖の中腹に打ちこみその上に丸太をのせ、人間ひとりを辛《かろ》うじて渡すことができるような箇所もある。また桟道も渡すことのできない場所には、丸太を六〇センチ間隔で横たえただけの細々とした吊橋《つりばし》や、鎖で連結された梯子《はしご》もかけられている。しかも、通路の下は一〇〇メートルにもおよぶ切り立った崖が、深い渓谷に落ちこんでいるのである。

今後工事をおこなうためには、この道を何十往復、何百往復もしなければならない。工事課長の藤平は、その危険な運搬作業のために、黒部川下流沿いに散在した村落からボッカ（負荷）と称する山歩きに熟達した強力《ごうりき》一〇〇名を、倍の賃金を条件にかき集めた。そして、欅平の急斜面をよじのぼり、日電歩道に足をふみ入れた。

ボッカたちの背負う荷の重量は平均して一人一三貫（五〇キロ弱）だったが、貫あたりで賃金が計算されるのでかれらは競って重いものをかつぎたがり、中には四〇貫（一五〇キロ）の機材の部品を背にしばりつけている者さえあった。

一行は、うねりくねった崖に刻まれたせまい通路を、岩壁に身をすりつけるようにつたわって行く。眼下の渓谷には豊かな水量が飛沫《ひまつ》をあげて走り、絶え間なくつづく瀑布が音を立てて深い滝壺《たきつぼ》に落下している。

顚落《てんらく》事故は、すでに第一回目の運搬作業から起った。それは日電歩道入口から二キロほどの距離にある蜆坂谷を越えたあたりで、崖下には滝が落ち、その水しぶきが舞い上って霧雨《きりさめ》のように崖の岩壁をぬらしていた。

通路から消えたのは中年のボッカで、その男の肩に背負っていた骨材の先端が通路に突き出た岩にあたり、滝の飛沫にぬれて滑りやすくなっていた通路から男の体は骨材とともに八〇メートルほどの崖下に消えたのだ。

すぐにロープがおろされ、崖下につたわり下りた人夫の手で男の体が引き上げられたが、岩にあたりながら落ちたものらしく頭部はつぶれて歯列と眉毛《まゆげ》が密着し、足の骨も横腹から突き出ていてほとんど原型はとどめていなかった。そして布につつむため持ち上げると、全身の骨格が粉々にくだけていて体中からきしむような音が一斉に湧《わ》いた。

その後もボッカたちの顚落事故はつづいて起ったが、運搬作業は強引につづけられ、ボッカたちに支払われる金額もそれにつれて増額されていった。

日本電力では、運搬作業の円滑化をはかるため加瀬組、佐川組に命じて六〇センチ幅の通路を一メートル幅までひろげる工事に着手させた。さらにトンネルの岩肌《いわはだ》をうがつ鑿岩機《さくがんき》の動力に必要な電源を得るために、その通路に一一、〇〇〇ボルトのケーブル（電纜《でんらん》）を突貫工事で埋設することを指令した。

すでに顚落死した者は十八名を数え、そのうち十二名は崖下の渓流にのまれて遺体を収容することもできなかった。そして、新たにはじめられた通路の拡幅工事とケーブル敷設《ふせつ》作業のために、顚落死する者は日を追って多くなっていった。

空気も冷えを増して、紅葉が山火事のように渓谷の上流から早い速度でおりてきた。その色が褪《さ》めはじめた頃《ころ》、日本電力から佐川組に対して十一月十日を期限に全員下山するように、という指令がとどいた。

黒部渓谷の雪は早い。いったん雪に見舞われれば、わずかに崖にきざまれた通路も雪におおわれ凍結し、さらに絶え間なく発生する雪崩《なだれ》のために桟道や吊橋はほとんど破壊されて崖下に落ち、通行は全く不可能になるのである。それは、そのまま入山者たちの死に確実につながることを意味していた。

藤平は、根津所長の指示にしたがって折尾谷、志合谷の各根拠地に運び上げられた資材を雪崩の心配のない場所に集結させ、水分から守るためにシートで厳重におおわせた。そして、運び上げられていたアメリカインガーソル社製の三〇馬力軽量コンプレッサー十二台の試運転をおこなっただけで、再び解体し、岩穴に格納して急ぎ下山した。

翌十二年四月、融雪期を迎えて佐川組は、根津所長以下全員再び折尾谷、志合谷の各根拠地に向った。

軽量コンプレッサーの据《すえ》付けや工事機器の配置を急ぎ、漸《よう》やくトンネル掘鑿《くっさく》工事の準備作業がはじめられた。まず折尾谷、志合谷の地表から横坑を掘りすすみ、本坑位置に達すると、T字型に本坑トンネルを両側にわかれて掘りすすむ予定が組まれた。

八月上旬、第一回の発破《はっぱ》が志合谷の横坑口としてさだめられた岩壁に仕かけられ、それを追うように折尾谷の横坑口指示点でも横坑工事が開始された。

日本電力から提供された地質調査書通り地質はきわめて良好な花崗岩質《かこうがんしつ》で、掘鑿は、一日約二メートルの割合で順調にすすめられていった。

秋の季節がやってきた。

その頃から、上流の第一工区を請負っている加瀬組に或《あ》る変化が起っていた。第二工区の佐川組ではすでに横坑も本坑位置に達して本坑工事に手を染めていたし、大林組の担当する第三工区の竪坑《たてこう》工事も大きな進展をみせているというのに、第一工区の加瀬組の動きはほとんど休止状態に近い。折尾谷の上流阿曾原谷で横坑工事をはじめることははじめていたのだが、急に技師や人夫たちが下山したままあがってこなくなったのだ。

尻《けつ》を割る（工事放棄）のではないかという風聞が、藤平たちの耳にもつたわってきた。しかしそれは、加瀬組が第一工区の請負工事を落札した時から、或る程度は予感されていたことでもあった。

第一工区は渓谷の最上流の地域にあって、その上全工区中最も工事量も多い。当然、資金的にも技術的にも重い負担のかかることが予想されたが、加瀬組はそのいずれにも不安があって、発注者の日本電力でもその工事施行には多くの危懼《きく》をいだいていた。

藤平は、噂《うわさ》通り加瀬組が工事放棄をしたとするなら、その主な理由は資材運搬作業が工事運営の上に大きな障害になったのだろうと判断した。加瀬組でも多くのボッカを雇い日電歩道をつたわって工事用資材を運び上げていたが、その行程は、藤平たちの根拠地よりさらに上流の阿曾原谷、仙人谷までさかのぼらねばならない。加瀬組では、仙人谷のダム工事のために大量のセメントを運び上げていたが、一袋（五〇キロ強）の運搬賃を普通では一円四〇銭が相場であるのに八円もボッカたちに支払っている。しかもボッカたちは、死の危険の多い狭い通路をたどる苦痛からのがれたい一心で袋に小さな穴をあけ、そのため仙人谷にたどりついた頃には、袋の中のセメントの量も半分ぐらいに減ってしまっているのが常だという。

定まった金額で落札した加瀬組は、おそらく経費が余りにもかかり過ぎるので、それ以上工事をすすめることが不安になったにちがいなかった。

しかし、事実はちがっていた。十月上旬宇奈月からのぼってきた日本電力の工事監督主任天知忠夫が、確定的となった加瀬組の工事放棄の理由について意外なことを口にした。それは、加瀬組の掘りはじめた阿曾原谷横坑が温泉湧出《ゆうしゅつ》地帯に突きあたったらしく、坑内の岩盤温度が掘進するにつれて上昇し、それ以上工事をすすめることに技術的な自信を失ってしまったからだという。

天知は、その実態調査のために入山してきたのだが、志合谷の佐川組工事事務所に立ち寄ると根津所長と藤平工事課長の同行をもとめた。

一行は人夫をつれて崖《がけ》ぎわの通路をつたわり、桟道・吊橋をわたって折尾谷をぬけ、阿曾原谷の加瀬組工事現場にたどりついた。谷の所々には仮小舎《かりごや》が建てられ、セメントをはじめ工事資材が岩穴の中に格納されていたが人影はなく、ただおびただしい岩燕《いわつばめ》が、紅葉のひろがりはじめた渓谷の空間を素早い速さで飛び交っているだけであった。

かれらは、カンテラに灯《ひ》をともして岩肌《いわはだ》にあけられた横坑の中に足をふみ入れた。と、数メートルもすすまないうちに硫黄《いおう》のにおいと岩肌から湧《わ》く熱い湯気がかれらをつつんだ。

横坑は、丁度坑口から三〇メートルの所まで掘りすすめられていた。その切端《きりは》のあたりにはかなり熱い湯が岩の間から湧いていて、それが坑口の方に向って湯気を漂わせながら流れていた。

かれらは、思わず顔を見合わせた。湯気と熱気で蒸風呂《むしぶろ》の中に身を置いているような息苦しさだ。加瀬組の主張する通り、あきらかにそれは高い温度をもつ温泉の湧出地帯に突きあたっているのだ。

藤平は、湯気ですっかり曇った眼鏡をはずしていた。そして、人夫に命じて切端の岩肌に五〇センチほどの深さをもつ細い穴をあけさせ、持参してきた温度計をその穴にさし込んでみた。温度計の水銀柱は、摂氏六五度の目盛りまであがっていた。

天知は、いぶかしそうに首をかしげていた。黒部第三発電所建設工事の予備調査は、すでに十年以上も前の昭和二年五月末から十月中旬までの五カ月にわたる第一回実地踏査を皮切りに、その後も小規模ながら毎年夏季に定期的につづけられてきている。通路が人間の歩行に適当でないため思うような調査はできなかったが、昭和十年四月に水路・軌道トンネルの位置の決定をみてからは調査も本格化して、翌十一年七月には精密な実地測量と地質調査を終了している。地質関係の調査も、東京帝国大学、京都帝国大学の各地質学科の教授に依頼して、その地質が隧道《ずいどう》工事にきわめて適したものであるとの判定も得ていた。

むろん阿曾原谷から上流の地域は温泉湧出地帯であることはわかっていたが、わずかに坑口から三〇メートルの地点で摂氏六五度の熱い岩盤に突きあたることなど予測もしていなかったのだ。

「再調査だ」

天知は、気落ちした表情でつぶやいた。

その日、天知たちは、折尾谷の佐川組仮宿舎にもどると、そこを根拠地に翌日から六日間晴天の日をえらんで、阿曾原谷附近からその上流人見平、仙人谷のあたりまでさかのぼって踏査をはじめた。その結果、天知や根津たちは今まで知られていなかった温泉の湧出箇所を数多く発見した。はるか下方の滝壺《たきつぼ》のかたわらから、かすかに湯気の立ちのぼっているのを双眼鏡で見出《みいだ》したこともあれば、岩の裂け目から音を立ててふき出している間歇泉《かんけつせん》を認めたこともあった。或《あ》る小さな渓谷では、川床から一面に湧く熱湯が、谷川の水とまじり合って丁度入浴に適した湯の流れになっている光景も見られた。

その谷川の近くには、多くの猿《さる》の骨が散乱しているのも眼《め》にとまった。猿も湯浴《ゆあ》みをするという話もつたえられてはいるが、おそらく熱湯のふき出ているそのあたりの温かさに誘われて、猿たちが巣を営んでいたのだろうと推測された。

天知は、それらの温泉湧出地点を記入した地図を参考に、本社で再検討すると言って山を下りて行った。

藤平は、工事全体の成行きに不安をおぼえた。第一工区の隧道工事が中止されることは、黒部第三発電所建設計画の完全な崩壊を意味する。厖大《ぼうだい》な資力を傾注させている日本電力にとって、それは致命的な大打撃となるだろう。それは、請負会社への支払いの停滞となって第二工区の佐川組、第三工区の大林組の資本的危機とも結びつく。

しかし根津は、そうした不安には無関心のようにみえた。おそらく根津は、土木技術者として工事のみに専心し、金銭的なことには係《かか》わり合いを持ちたくなかったにちがいなかった。その証拠に根津は、その冬、藤平を長とした越冬隊を組織し、総勢二百名を越える技師・人夫を折尾谷、志合谷にとどまらせて工事をつづけることを指令した。全員が前年通り十一月十日の下山期日に現場をはなれてしまえば、翌年四月までは工事は停止したままになる。それでは、一年後の昭和十三年十一月末日に迎える第二工区軌道隧道の完工期限までには間に合いそうもないと判断したのだ。

冬の黒部渓谷は、平均積雪量五メートル余、雪庇《せっぴ》や雪崩《なだれ》によって堆積《たいせき》した箇所では四〇メートルを越えることもある日本最大の豪雪地帯で、その上大規模な雪崩が頻発《ひんぱつ》し、野生動物さえもその姿を消してしまうという閉ざされた世界なのだ。むろん下界との連絡も全く絶たれ、そこに半年近くも二百名の人員をかかえて越冬することが可能かどうか、その任を託された藤平にも自信を持つことはできなかった。

藤平は、ただちに越冬者の人選をはじめると同時に、雪崩からの被害を避けるため横坑の内部を大きく拡張してその中に地下宿舎を設けさせ、倉庫には半年分の食糧その他《ほか》生活必需品を貯蔵させた。

初雪が舞った。

下山期日の十一月十日、根津所長は技師・人夫たちを引き連れ、越冬者を残して下山して行った。

その冬、藤平は、黒部渓谷の雪のすさまじさを実感として感じとった。根津たちが下山してからまたたく間に渓谷は大量の雪でとざされ、その上に降雪が絶え間なくつづく。吹雪が視界をとざし、四囲の峰々で発生する雪崩の轟音《ごうおん》が坑内の岩壁を不気味にふるわせる。藤平は、雪崩による被害を避けるため人夫たちに坑外へ出ることをかたく禁じ、地下宿舎と現場を往復させて工事の進行に専念させていた。

藤平が最もおそれていた人身事故が起ったのは、年が明けてから間もなくだった。その事故も、黒部渓谷の雪の為体《えたい》の知れぬ力を知るのに十分な出来事であった。

その日、折尾谷の一角で雪崩が発生し、それによって起った風圧が坑口から入り込んで、ズリを満載した三台連結のトロッコを暴走させた。坑内の奥に向って突進したトロッコの列は、停止していたトロッコに激突、横顚《おうてん》した際にレールの傍《そば》にいた人夫頭の左足を、大腿骨《だいたいこつ》から粉々にくだいてしまったのだ。

藤平は、事故現場から下流の志合谷工事事務所で緊急電話を受けた。そのまま放置すれば、人夫頭は必ず死ぬという。

藤平は、当惑した。越冬中最もおそれていたのは、重病人か重傷者が出ることであった。すでに唯一《ゆいいつ》のルートである日電歩道も、雪におおわれ結氷して通行は不可能になっている。当然、それらの重病・傷者を下山させることは諦《あきら》めねばならない。

そうした事情は、越冬者を人選する折に藤平と越冬者たちとの間で暗黙のうちに諒《りよう》解《かい》し合っていたことではあったが、現実の問題として人夫頭をそのまま死にさらすことは、人夫たちの動揺を招くことにもなるだろう。藤平は、越冬隊長として出来るかぎりの方策をとらねばならない立場に立たされた。

藤平は、とりあえず電話で宇奈月の根津所長に連絡をとってみた。

「弱ったね」

受話器から流れてくる根津の声には、あらかじめそうした事故を予測していた平静さがあった。

「そちらから下すと言ったって山歩きのうまい奴《やつ》はいないだろうし、まず諦めてもらうより仕方がないな。しかし、おれの方でもできるだけ救出方法を考えてみるよ」

電話は、それできれた。

藤平は、人夫たちの動揺に不安をおぼえた。すでに二カ月におよぶ地下生活で殺気立っているかれらが、負傷者の扱い方次第では不穏な行動をとることも十分に予想される。藤平は、すぐに事故現場である折尾谷工事事務所に、救出方を根津所長に依頼した旨《むね》の連絡をすると同時に、志合谷工事現場の人夫頭たちを集めて、できるだけの救出努力をしていることをつたえた。

その夜おそく、宇奈月から電話連絡があった。電話は根津からで、救出隊員八名がすでに宇奈月を出発したことを告げてきた。藤平は深い安堵《あんど》をおぼえて折尾谷工事現場に早速連絡をとった。しかし、かれら八名の男たちが、果して無事に現場へ到達できるかどうかは保証されない。

宇奈月からの電話では八名の救出隊員は、黒部渓谷《けいこく》に精通した富山県下新川《しもにいかわ》郡愛本村音沢の猟師たちで組織されているという。その部落の猟師たちは、すでに大正年間から電力会社の依頼をうけて測量班の案内を引きうけ、また大正十五年には気温・積雪量・自然流量の実測隊を案内して蜆坂谷《しじみざかだに》附近まで冬の黒部渓谷をさかのぼったこともある。しかし、初め呼び集められたかれらも、根津の依頼をかたくことわった。夏季には、折尾谷から仙人谷のさらに上流へまでさかのぼるかれらも、雪におおわれた黒部渓谷は到底人のふみこむことのできない場所であることを知りぬいていたのだ。

欅平《けやきだいら》までは、軌道車も雪のため十一月末から五月中旬まで運行休止になっているが、線路に沿って人が漸《ようや》く一人通れる冬期歩道とよぶトンネルが通じている。が、欅平かららは凍りついた雪におおわれた日電歩道をさかのぼらなければならない。自分の体の顚落《てんらく》をふせぐだけでも自信がないのに、重傷者を運びおろすことなど到底不可能だと主張した。

しかし根津は、ひるまなかった。そして、多額の救出手当をしめし五時間にわたって強引に説得した結果、漸くかれらを送り出すことに成功したのだという。

藤平は、横坑の外に出て下流の方向を見つめつづけた。雪におおわれた日電歩道を、かれらはどのようにしてたどっているのだろう。八人の男たちは、崖《がけ》にピトンを打ち、ロープを体にしばりつけピッケルを打ちこんで、雪崩の予感におびえながら一歩一歩渓谷をさかのぼっているのだろうか。それともすでに足をすべらせて崖下に顚落したか、雪崩に巻きこまれてしまっているのだろうか。藤平は、坑外で立ちつくした。

夕方近く藤平は渓谷沿いの傾斜の中腹にかすかに動くものを発見した。藤平の胸に熱いものが突きあげてきた。それは、まちがいなく八名の猟師たちの姿だった。かれらの体は雪に没し、黒い頭が八個一列になって近づいてくる。

藤平は、人夫たちを迎えにやらせたが、雪にまみれたかれらの顔はひきつれ、藤平のねぎらいの言葉にもかたく口をつぐんだままであった。そして地下宿舎に入ると、少量の酒をのんで倒れるように蒲団《ふとん》にくるまってしまった。

翌日の明け方、かれらはこわばった表情で無言のまままさらに上流の折尾谷に向った。かれらは、胸まで没しながら雪をかき分けて遠ざかって行く。

しかし、かれらはその日のうちには折尾谷に到着することはできなかった。夏季ならば一時間ほどの道程なのだが、雪は深くその上途中の崖ぷちで宙吊《ちゅうづ》りになる者も出て、やむなく雪洞《せつどう》の中で一夜をすごしたのだ。

重傷者は、担架で運ぶことなど不可能なので、蒲団にくるまれ長い竹籠《たけかご》に入れられて折尾谷工事現場から曳《ひ》き出された。八人の男たちは、再び途中で一夜をすごしその翌朝竹籠をひいて志合谷までたどりついた。そして食糧を補給すると、その日のうちに口をとざしたまま雪の渓谷をくだって行った。

かれらが欅平に到着したのは、それから二日後だった。竹籠を曳いたかれらがどのようにして渓谷をくだることができたのか、それは一つの奇蹟《きせき》に近いものだった。が、根津たちがそれについて種々質問しても、かれらは口をかたく閉ざしたままで、報酬を受けとると匆々《そうそう》に欅平をはなれて行ったという。

人夫頭の左足は大きくふくれ高熱にあえいでいたが、すぐに宇奈月町の病院に運びこまれて、腿《もも》の付け根から切断手術をうけ、辛《かろ》うじて生命を保つことができた。その人夫頭の話によると、渓谷を下る間にかれは救出者の男たちに思いきり殴られたり、二度ほど途中で捨てられかかったこともあるという。八人の男たちは、自分たちの生命をもおびやかす厄介《やっかい》な荷であるその負傷者の存在に、激しい憤《いきどお》りをおぼえていたにちがいなかった。

この人夫頭の救出作業の成功は人夫たちに好影響をあたえて、トンネル工事は一層活気をおびてすすめられた。

その頃《ころ》、加瀬組の放棄した第一工区の全工事を佐川組が引き受けたという電話連絡が、根津からもたらされた。

藤平にとっては、十分に予想されていたことでもあった。佐川組は大資本の土木会社ではないが、隧道《ずいどう》工事には多くの難工事をこなしてきた秀《すぐ》れた実績があり、それに富山市に本店を置き北陸一帯を工事地盤としているだけに、雪にはきわめて強い技術と豊かな経験をもっていると言われている。

日本電力の天知工事監督主任が、加瀬組の放棄した工事現場や阿曾原谷から上流の温泉湧出箇所の調査に根津と藤平の同行を求めたことも、第一工区を佐川組に引きつがせたい意向があったからにちがいなかった。

しかし藤平は、温泉湧出地帯を貫く工事をどのようにすすめてよいものか予想さえできなかった。日本の工事史の上では、わずかに伊豆半島の伊豆多賀で岩盤温度摂氏六〇度の隧道を貫通させたという記録が唯一《ゆいいつ》の前例として残されている程度で、外国でもイタリヤで同程度の高温隧道工事があったというが実際の温度はそれよりは低いものらしく、発注者が視察にくる前に故意に坑口をふさいで熱気を坑内に充満させ、それを口実に請負工事費の値上げをはかったものだと言われている。

それにくらべて加瀬組の放棄した阿曾原谷横坑は、わずかに三〇メートル進んだだけですでに摂氏六五度を記録している。本坑地点に達するまでにはさらに一三〇メートル掘りすすまねばならず、温度もそれ以上にあがることが当然予想された。

佐川組の経営陣は、日本電力から第一工区の隧道工事を担当するように指示されたが、容易には受諾しなかったという。現在担当している第二工区の工事ですらも、資材運搬や越冬作業のために予想をはるかに越えた出費があって、落札金額を大幅に上《うわ》廻《まわ》ることはあきらかだった。それなのに第一工区は、さらにその上流にあって工事費は膨脹し、加瀬組の落札した金額では、一層大きな欠損がのしかかってくることが予想される。しかも、工事そのものも温泉湧出地帯を貫くという異常な性格のものであることを考え合わせると、その欠損はさらに大きくふくれ上り、佐川組そのものの資本危機を招くことは必至だった。

　そうした事情を知っていた日本電力では、現在工事をすすめている第二工区の請負金額も決して欠損を生まないように増額することと、新たに担当する第一工区の工事費も佐川組の要求する金額をそのまま無条件に支払う……という思いきった条件を提示した。それでたちまち交渉は妥結して、佐川組は、加瀬組の放棄した第一工区の工事を請負うことに決定したのだという。

「日電も社運をかけている。天知工事監督主任も直接工事現場に泊りこむそうだ。今、宇奈月では大量に人夫を集めているが、今年の暮からは志合谷、折尾谷、阿曾原谷、人見平、仙人谷の五カ所に宿舎をつくって全員越冬だ。おれも今まで一〇〇キロメートル隧道を貫通させてきたが、こんな珍しい隧道ははじめてだし、やり甲斐《がい》があるよ」

　受話器から流れ出る根津のしわがれた声は、珍しく浮き立っていた。

　三月下旬になると、渓谷《けいこく》には濃い靄《もや》が立ちこめるようになった。谷が深くきざまれているため日の光もとどかない所も多いが、やわらいだ気温に堆積《たいせき》した雪の表面から水蒸気が一斉《いっせい》に湧《わ》きはじめたのだ。そして雪の中からにじみ出る水が渓谷に落ちて、溢《あふ》れる水量がすさまじい音を立てて流れるようになった。
聳《そび》え立った四囲の峰々には雪崩《なだれ》が頻発《ひんぱつ》し、岩石や根こそぎされた樹《き》をまじえた大量の雪が斜面を落下して渓谷を埋め、川の激しい流れをせきとめてしまう。水はまたたく間にふくれ上り渓谷に一時的な洪水《こうずい》現象を起させるが、その水量が或《あ》る水圧にまでたかまるとせきとめていた雪や岩石・樹木などがくずれ出し、ふくれ上った水とともにすさまじい音響をとどろかせて一気に流れ出す。樹木ははね上り、岩石は互に激突し合って火花を散らす。その「鉄砲水」と称される激しい流れは、岩ばかりの川床を地中に吸収されずに水量を増しながら下流へと流れ下って行く。その冷えきった融雪水は、富山湾に注ぐと温い海水と衝突し、空気の密度をみださせて海面一帯に蜃気楼《しんきろう》現象を起させる。

四月上旬、根津を先頭に技師や人夫の群れが大量に入山してきた。渓谷をおおう厚い靄の中をたどってきたかれらの体はすっかり濡《ぬ》れ、保安帽やゴム合羽《がっぱ》には水滴がしたたり落ちるほどびっしりと附着していた。

作業準備は、その翌日からはじめられた。作業内容は、大別して現在進行中の第二工区本坑掘鑿《くっさく》工事、新たにはじめられる第一工区隧道工事、それに五カ所の根拠地に設けられる本宿舎建築工事の三つにわけられた。そして、加瀬組の放棄した第一工区隧道工事には、最も熟練した技師・人夫たちが配属させられた。

第二、第三工区の隧道工事では、水路・軌道トンネル工事が同時におこなわれていたが、ダム設定地点の仙人谷への資材運搬を容易にするため第一工区ではまず軌道トンネルを貫通させ、その後に軌道トンネルから横坑をうがって水路トンネルの掘鑿に着手することに決定していた。その軌道トンネルの工事は、上流の仙人谷で本坑を掘りすすむ一方、下流からは阿曾原谷で横坑を一六〇メートルうがって本坑地点に達し、仙人谷に向って掘進することになっていた。

その工事予定にしたがって第一工区仙人谷本坑工事、阿曾原谷横坑工事が四月下旬を期してほとんど同時にはじめられることになり、藤平工事課長は、第一工区隧道工事の総指揮を一任された。

四月二十九日、坑内の熱気を幾分でもやわらげるために、坑道は横の幅を三・四メートル、高さを三・二メートルに拡張することに決定し、湯気の立ちこめた阿曾原谷横坑で第一回の発破準備が開始された。

まず穿孔夫《せんこうふ》の手で加瀬組の放棄した横坑の最尖端《さいせんたん》——切端《きりは》の岩肌《いわはだ》に一メートルほどの深さをもつ細い穴がうがたれた。穴の数は二十四箇で、二人で支えられた鑿岩機《さくがんき》が乾いた音をひびかせて切端の岩粉を飛散させる。

十二時間ほどで穿孔作業が終ると、二五〇グラム容量の細長いダイナマイトの筒が二本または三本それらの穴の中に一列に押しこまれてゆく。やがてダイナマイトの装《そう》塡《てん》がすべて終了すると、火薬係が切端に近づき、カンテラの灯で全導火線に一斉に点火し、駈《か》け足で切端からはなれる。導火線の長さは円形に点在している穴の群の中心部が最も短く、外側にゆくにしたがって長くなっているため、まず中心部のダイナマイトが起爆し芯《しん》ヌキといわれるその部分の岩の崩壊が終ると、外側の穴に装塡された助《すけ》と称されるダイナマイトが次々と爆発を起して外辺部の岩盤がくだけ散り、結局一メートルほどの深さで切端の岩がくずれ落ちる。

発破が終ると、トロッコが何台もつらなって切端に近づき、発破で崩れ落ちたズリといわれる岩の塊を人夫たちがスコップでトロッコに積みこみ、坑外に運び出してゆく。そして、坑道が設計図通りに掘り進められるように、切端の岩盤の中央に人夫頭の手で縦に朱色の中心線が描かれ、その切端全面に再び鑿岩機が乾いた音を立ててダイナマイトを装塡する穴の穿孔作業がはじまるのだ。

藤平は、発破が終るたびに切端に近づいては、岩盤の温度を温度計ではかることを丹念にくり返した。初め摂氏六五度の目盛りをしめしていた温度計は、その都度小刻みに上昇をつづけている。入浴の適温が四二、三度で五〇度ともなると手のつけられない熱さになることから考えてみても、岩肌の温度は火傷《やけど》をさせるのに十分な熱さがあった。しかも、坑内の天井《てんじょう》からはそれと同温程度の熱湯がしたたり落ち、坑内温度も四〇度近くになってきている。

人夫たちは熱気と湯気につつまれて作業をつづけてはいたが、三十分もたつと坑外へ這《は》い出してくる。失神する者もいて、日を追うにつれて工事進度はにぶりはじめた。

藤平は、監督のためしばしば坑内へ足をふみ入れたが、熱さに堪《た》えきれず切端までたどりつくことのできないことも稀《まれ》ではなかった。坑道の天井からしたたり落ちる熱湯をさけるため雨合羽を着てゆくのだが、たちまち体は汗に漬《つか》り、呼吸も苦しくなる。人夫たちに弱味をみせてはならないと自らをはげますのだが、間もなくはげしい眩暈《めまい》がおそってきて、意識のかすむのをおぼえながら坑外へよろめき出た。

地元新聞の記者たちが阿曾原谷横坑にやってきたのもその頃《ころ》であった。切端の岩盤温度は、摂氏七五度を記録し、横坑の切端も坑口から六〇メートルの地点に達していた。

五月中旬、日本電力本社の工事部長鳴門四郎が工事現場視察のために阿曾原谷にやってきた。が、鳴門も新聞記者たちと同じように横坑の坑口から四〇メートルほどの地点まで進んだだけで引き返してしまった。

鳴門は、想像を越えた坑内の異常な熱さに顔色を変え、藤平の記録してきた岩盤温度の経過表に眼《め》を落すと口をつぐんだ。

岩盤温度は確実に上昇線をたどっている。それは、横坑の進路が、高熱の温泉湧《ゆう》出《しゅつ》地帯に突き進んでいることをしめしていた。また上流の仙人谷で掘鑿工事のはじめられた軌道本坑も、地表からわずかに三〇メートルほど進んだだけで、早くも岩盤温度が摂氏四〇度を越えたという報告がもたらされている。

「どうするね、根津君」

鳴門が、根津の顔をうかがった。

「どうすると言われても、このまま工事をすすめる以外にはないでしょう。お世話になっている日本電力からの仕事でもあるし、佐川組は、絶対にケツなんか割りませんよ。私たちは、トンネル屋なんです。トンネルを掘るのが商売なんです。金儲《かねもう》け仕事なんかだとは思っちゃいません。並大抵の代物《しろもの》じゃないことは、初めから覚悟しています。私の集めた人間たちは、たとえ熱かろうが水びたしになろうが一歩もひきはしませんよ。貫通してみせます。必ず貫通してみせますよ」

根津の細い眼には、異様な光がたたえられていた。

「そうした熱意はうれしいが、問題は人夫たちだな。騒ぎを起したという報告は受けてはいないが、よくあんな所で作業をやっていられるもんだね、平気なのかな」

鳴門は、不安そうに言った。

「平気どころか大分まいっているんです」

藤平が口をはさんだ。

人夫たちは発汗が甚《はなは》だしいので絶えず水をのみ、そのため例外なく胃腸障害を起している。その上、熱気の中で作業をしているので脂肪分が失われるらしく体重も目にみえて減ってきている。また点滴する熱湯や熱い岩肌にふれて部分的に火傷をしているものが多く、中にはそれが化膿《かのう》して作業を休んでいる者もいる。

「しかし、現実問題として」

藤平が、さらに言葉をつづけた。

「かれらがともかくも坑道内で作業をつづけていられるのは、温度が徐々に上昇してきているので、かれらの体が自然とその熱さに順応してきているからなんです。それにかれらの最も恐れているのは落盤事故なんですが、幸い岩盤は良質だし、そうした心配が全くといっていいほど考えられないということが大きな慰めになっているんです。ですから人夫頭たちも、かれらに、ただ熱いことさえがまんすればいいんだと言いきかせているようです」

「しかし、なんといっても第一の問題は、金銭ですよ」

根津が、笑いながら鳴門に顔を向けた。

「手当が倍ですからね。かれらは、あきらかに割のいい仕事だと思っているんです。人夫頭たちの身にしてみれば人夫たちの手当の一割が自分たちの懐《ふところ》に取り分として入ることだし、人夫たちの手当が多ければ多いほどそれだけ収入も多くなるわけですからね。人夫たちの尻《しり》を叩《たた》いてくれるわけですよ」

鳴門や技師たちの間に、苦笑がひろがった。

「しかし、こんな悪条件の中で人夫たちを働かせているということが一般に知れるとまずいんじゃないか。第一、火薬類取締法によればダイナマイトは岩盤温度摂氏四〇度までしか使ってはならないというのに、摂氏七五度にまで上昇してきているのだからな。違反となれば体刑も考えられるし、警察問題にまでなると厄介《やっかい》だぞ」

鳴門は、表情を曇らせた。

「その点は、心配ありませんよ。ここまで人はのぼってこないし、たとえのぼってきたところで坑内の切端までは到底入れるものじゃありません。火薬の制限温度にしたって、伊豆多賀の隧道工事では摂氏六〇度でも事故は起っていないんですから、少々それより高くても今のところ危険はないでしょう。まあ、このままそっとしておいて、私たちに工事をやらしといてくださいよ」

根津は、眼を光らせ肥えた体をゆするようにして笑った。

その日、根津たちは、鳴門を案内して建設中の阿曾原谷、志合谷の宿舎を視察した。工事はまだ基礎工事を終ったばかりだったが、本格的な越冬にそなえていずれも五階、六階建の本建築で、志合谷宿舎は全階コンクリート造り、阿曾原谷宿舎は三階までが同じようにコンクリートでかためられ、四階、五階、六階は太い材を使った木造建築が予定されていた。そして、万が一発生するかも知れない雪崩《なだれ》をふせぐために厚さ二メートルの鉄筋防壁でかこわれるはずになっていた。

根津は鳴門を案内しながらも、技師や人夫たちの中で出征する者が出はじめているがそうした現象が今後一層はげしくなると、工事の進行に大きな障害になるおそれがあることを告げた。たしかに召集令状が、渓谷《けいこく》をさかのぼって工事現場へも送られてくる。その都度赤飯を炊《た》いて下山させるのだが、熟練した技師・人夫であればあるほど根津たちの気分は重くなった。

鳴門は、困惑したように黙っていた。結論として大した効果は期待できないが、軍に徴兵されることを幾分でも牽制《けんせい》する意味から、陸軍省の高官に工事現場を視察してもらうことも一方法かも知れないということになった。

鳴門たち一行は、翌日山をくだっていったが、それから十日ほど後、七名の陸軍将校が工事現場にやってきたのだ。

藤平は、初め渓流沿いの細い通路をつたわってくる将校たちの姿を遠く認めた時、鳴門の言葉が早くも現実のものとなってあらわれたのかと錯覚した。

が、連れ立ってやってきた将校たちは、少年の面影《おもかげ》を残した若い者たちばかりで、その用件も好奇心からくる坑道内の見学で、つまり藤平たちにとって迷惑きわまりない闖入者《ちんにゅうしゃ》にすぎなかった。

その後かれらの水死事故があってから、日本電力宇奈月事務所では、遺体の収容作業に協力すると同時に、固辞する遺族にかなりの額の香奠《こうでん》をおくったという話がつたえられてきた。すでに将校たちの口はその死によって閉ざされてしまっていたわけだが、佐川組からの連絡で事情を知っていた日本電力では、工事内容が洩《も》れずに終ったという安堵《あんど》をそんな形で表現したにちがいなかった。

二

六月に入っても渓谷の深くきざまれた襞《ひだ》には数メートルにも達する根雪《ねゆき》が残り、

峰々は明るい日射《ひざ》しを浴びながらも雪の白い輝きにつつまれていた。が、樹木は、一《いっ》斉《せい》に木肌《きはだ》をあらわにして枝々からみずみずしい新緑をふき出させていた。

越冬隊に配属されていた技師・人夫たちに越冬の慰労のために五日間の特別有給休暇があたえられた。休暇は工事の進行に支障のないように少人数ずつ十数グループに分けてあたえられたが、初めに下山を許されたのは人夫たちで、かれらは、血走った眼《め》をして先を競うように渓谷の通路に消えて行った。

藤平も根津にすすめられて、技師や技手四名を引き連れて工事現場をはなれた。その中には、前年の春私大を出て入社した技手の千早と成田も加わっていたが、藤平は、残雪の所々にみえる日電歩道をたどりながら自然と第一回の資材運搬作業で通路をさかのぼった日のことを思い起していた。

その時若い二人の技手もボッカの群れの後から歩いていたのだが、初めての顚落者《てんらくしゃ》が出た時、かれら二人は狭い通路の上で体を痙攣《けいれん》させてしゃがみ込んだまま動こうとしなかった。年老いた技手の一人が、二人の頰《ほお》を音を立てて叩《たた》いた。が、かれらは顔をひきつらせて立ち上ろうとする気配もみせなかった。

その後かれらは日電歩道を何度か通り、工事現場でも黙々と働きつづけているが、老技手に殴られた折のおびえきった眼の光は、悲しげな色になってまだ残されている。

そうした眼の色は、大学や高専を出た新入社の若い技手には共通したもので、入社した頃《ころ》の藤平の場合でも例外ではなかった。千早と成田をおそっているのは、教場で得た技術的知識が荒々しい工事現場ではほとんど意味をもたないという無力感であるはずであった。そして、労働にきたえられた逞《たくま》しい人夫の体と技師や技手の素気《そっけ》ない眼につつまれて、自分の存在が急に小さく萎《な》えてしまってゆくのをおぼえているにちがいなかった。

昨年の夏、志合谷坑道を部下たちと切端《きりは》に向って歩いていた時、坑道の奥からズリを満載したトロッコの列が傾斜を走りくだってきたことがあった。藤平たちは、自然と坑道の端に身を寄せたが、成田だけがレールの上に立ちすくんでいた。技師の一人が、成田の体を突き倒し、危うくトロッコの列を避けることができたが、藤平は、顔を青ざめさせて立ち上った成田の不様《ぶざま》な姿に過去の自分を見たように思った。

入社して間もない頃、発破《はっぱ》後の切端で藤平は、自分の体が硬直して動かなくなってしまった記憶がある。ズリ出し人夫が大小さまざまなズリをトロッコに載せている作業の中で、藤平はかれらの動きを避けているうちにいつの間にか切端の側壁に体を押しつけていた。

ふと眼の前に直径一メートルもあるかと思えるズリがのしかかってきているのに気

づいた。岩がくずれれば、自分の体は側壁との間でつぶされる。藤平は、その場からはなれようと思ったが、人夫が作業をしていて脱《ぬ》け出ることはできず、自分の足も動かない。技師や人夫たちは立ちすくんでいる自分の姿に気づかない。その折の深い孤独感と恐怖は、今でも胸に強い記憶となって残されている。

その後も藤平は、工事現場で同じような経験を何度か味わってきた。その都度、自分が人夫や老練な技師たちとは全く異質なものであるように感じ、工事現場で生きる自信も失った。

そうした萎縮感《いしゅくかん》から藤平が脱け出すことのできた原因は、受動的に多くの死とつき合ってきたためのように思える。倒れた骨材の下になって押しつぶされた死体、ダイナマイトの暴発で四散してしまった肉体、暴走したトロッコと停車中のトロッコの間にはさまれて血しぶきをあげた人夫の死、それらを藤平は、数多く眼の前で見てきたが、それが度重なるうちにいつの間にかそれらの死に動揺することもなくなってゆく自分自身を意識しはじめていた。そうした傾向が自分の胸の中でかなりはっきりとした形をとるようになったのは、同じ年に入社した親しい同僚の技師の死に遭《あ》った時からだと言っていい。その技師は、落石事故で頭骨を粉々にくだいてしまったのだが、数日間放心状態にあった藤平は、根津から眼鏡をとばされ口の中をきられるほど強く殴られた。

「おれたちは、葬儀屋みてえなもんだ。仏が出たからといって一々泣いていたら仕事にはならねえんだ。おれたちトンネル屋は、トンネルをうまく掘ることさえ考えていりゃいいんだ。それができないようなら今すぐにでも会社をやめろ」

根津は怒声に近い声で言うと、

「いいか、このことだけはおぼえておけ。仏が出てもその遺族たちのことは決して考えるな。それだけでも気分は軽くなるんだ」

と、つけ加えた。

藤平は、根津の眼に怒りの色にまじって悲しげなものがにじみ出ているのに気づいていた。

根津をはじめ長い年月工事現場を浮草のように転々としてきた工事関係者の、死に対する表情はほとんど無表情に近い。一時的には悲しげな色も浮べるが、それも或《あ》る時間が経過すれば、かれらの表情は再び無表情なものに返る。遺体が匆々《そうそう》に処理され、遺族に引き渡されるために工事現場をはなれてゆくのを黙礼して見送るだけだった。

そうしたかれらの態度は、仕事そのものの性格と密接な関係をもっている。工事現場の作業は一刻の停滞も許さないし、人の死に長い間かかずり合ってはいられない。

かれらは、ただ地中を掘り進むことだけにしか関心をいだかず、最後の発破で切端にぽっかり穴のあけられた瞬間の、体中に満ちる熱いものを味わうためだけにただ掘りすすみつづけるのだ。

そうした工事現場の性格が、千早や成田にはまだほとんどわかっていないようだ。が、日を追うにしたがって、多くの死骸《しがい》がかれらの周囲を埋め、漸《ようや》くかれらも自らの置かれている世界の特異な性格に気づくようになるにちがいなかった。

宇奈月につくと、藤平は、佐川組事務所に立ち寄ってから技師たちを連れてなじみの旅館に入った。そしてかれらが入浴している間に旅館を出ると、町はずれに建っている小さな家をおとずれた。

ガラス戸をあけると、家の奥から二人の子供と中年の女が顔を出した。女は上るようにしきりとすすめたが、藤平は、子供たちに小遣《こづかい》だといって紙に包んだ金を渡すと戸口をはなれた。かれが女の家をおとずれては子供たちに金銭や菓子や玩具《おもちゃ》などを手渡すような習慣になってからすでに五、六年が経過している。しかし、そのことについては、根津から礼を言われたこともないし、藤平の方でもそのことについて触れたこともない。

根津は、三十代に結婚の経験があったというが、それが破綻《はたん》をきたしたのは、容易に想像されるようにかれが定まった場所で家庭を営むことができなかったからにほかならない。その後は、結婚する気持も失《う》せて工事現場を転々としていたが、いつの間にかかれの周辺には一人の女の影がちらつくようになった。やがて女は子供も生んだらしいが、根津が新しい工事現場で仕事をはじめると、それを追うように近くの町で子供を連れた女が、ひっそりと引越荷物をおろすのだ。

現場妻というのがあって、工事現場を転々とする人夫にしたがって移動する女や子供がいるが、それらの場合とあきらかにちがうのは、根津がほとんど女や子供たちの前に姿を現さないでいるらしいということだった。しかし、女はそれについて不満はもっていないらしく、ただ子供たちを守って目立たぬように暮している。

藤平には、根津とその女の関係がそのまま自分たち隧道《ずいどう》工事技師の生活を象徴したもののように思えてならなかった。かれにも何人か好ましいと思う女はいて、妻にしたいと痛切に思いこんだこともあったが、移動しつづける自分の生活を思うと、常識的な結婚生活をもつことは初めから諦《あきら》めねばならないことに気づいていた。

その夜、藤平たちは、芸者を呼び酒を飲んだ。千早も成田も芸者に抱きつかれて戸惑ったように杯を口に運んでいる。かれらもおれたちと同じ生活の中に埋れてゆくのだ……藤平は、酒で赤らんだかれらの顔を侘《わび》しい思いでながめていた。

夜もかなりおそくなって、酒宴が終った。藤平は、小太りの芸者を部屋に引き入れると体を抱きしめた。女が苦しげな呻《うめ》き声をあげるほど、体を荒々しく扱った。一冬女にふれなかったことが原因の一つになっているにちがいなかったが、それだけではない切迫した焦躁感《しょうそうかん》のようなものが体中に充満している。それは、自分の体を女の体に激しくとけ込ませてみても、依然として抑制できない苛立《いらだ》ちなのだ。

死の予感がおれを苛立たせているのだろうか……、藤平は、疲れきったように横たわっている女の首を抱きながら思った。

工事に着手して以来一年十カ月、日電歩道での顚落者《てんらくしゃ》はすでに四十名を越え、工事現場近くでも落石事故によって二名が死亡している。工事現場での生活には、人の体を容易に死に導く要素が充満している。危険はむろん直接作業をしている人夫たちに多いのだが、藤平たちにもいつ死が不意に訪れてくるかわからない。

なるようにしかならない……藤平は、胸の中でつぶやいた。

明け方眼をさました藤平は、湯からあがると、寝息を立てている女の体を再び抱いた。女は、ほとんど身じろぎもせず横たわったままだった。

藤平は、眠りに落ちた。疲れが一時に出たような深い眠りだった。

正午近く、女中の声に眼をさました。

電話口に出ると、佐川組宇奈月事務所の職員の甲高い声が流れてきた。

阿曾原谷横坑の午前中の穿孔《せんこう》工事中、その細い孔《あな》から蒸気とともに熱湯が噴出し、穿孔夫の一人が顔一面に火傷《やけど》を負った。人夫は応急手当をほどこした後、すぐに担架で下山させたが、岩盤温度をはかってみると温度計の目盛りは摂氏八五度をしめしているという。

「八五度？」

藤平は、何度もきき返した。

前々日の岩盤温度の測定値は七八度であったが、職員の言葉が事実とすれば、わずか二日間に七度も急上昇したことになる。

藤平は、部屋にもどると芸者に金をあたえてあわただしく身支度をした。そして女中に、技師たちはそのままにしておいてやってくれと言い置いて、旅館を出た。かれは、宇奈月から軌道車に飛び乗って欅平《けやきだいら》まで行くと、そこから日電歩道を小走りに急いだ。

工事事務所には、天知、根津をはじめ日本電力、佐川組の技師たちが集っていた。藤平は、技手の一人と横坑内に入り、すぐに事務所にもどってきた。孔から噴出している熱湯も蒸気もすでに絶えていたが、さし込んだ温度計の目盛りは確実に八五度をしめしていた。

「工事は中止させたよ。人夫たちも薄気味悪がって入りゃしない」

根津が、顔をこわばらせて言った。

藤平は、根津から渡された坑内温度表に眼を落した。坑道の最下部で二〇度、中央部で四二度、そして坑道の天井に近い部分は六四度と記録されている。それは、すでに作業をおこなえる環境ではない。

「実際問題として」

根津が、口をひらいた。

「おれたちが、加瀬組の工事をひきついで掘鑿《くっさく》をはじめてから、まだ三〇メートルしか進んでいない。それなのに、岩盤温度は二〇度も上ってきている。予定されている本坑位置まではまだ一〇〇メートルも掘らねばならないのだが、この率で温度が今後も上りつづけるとしたら大変なことになってしまう。それともこの八五度という温度が頂点なのかどうか。残念ながら岩盤の奥がどういう状態になっているのか予測もできない。工事はあくまでつづけるが、闇《やみ》の中を手探りで突きすすむようでは余りにも心許《こころもと》ない気がする」

「それは、私たち日本電力側に責任のすべてがある」

天知が、白髪まじりの頭をかき上げて言った。

「地質学者数名にそれぞれの立場から専門的な研究もしてもらって、それで十分な確信を抱いて工事をはじめてもらったのだが、それと事実とは大きな食いちがいがあった。日本電力としては、あなた方に迷惑をかけたことになる。しかし、そんなことを今さら言ってみても仕方がない。結論を言おう。根津所長ともいろいろ相談してみたが、もう一度学術的な調査をやり直してもらうことに意見がまとまった。少し前だが、本社に電話して地質学者にこの現場へ大至急来てもらうように依頼した。その意見をもとにして、今後の工事方法その他について検討してみようじゃないか」

藤平はうなずいた。かれは、前年の秋、天知や根津たちと渓谷《けいこく》をさかのぼって発見した多くの温泉湧出《ゆうしゅつ》地点を思い起していた。阿曾原谷横坑だけではなく上流の仙人谷本坑の切端附近でも、岩盤は日に日に熱くなってきていることを思うと、藤平たちが掘りすすんでいる峨々《がが》と聳《そび》え立った山塊は、異常な温度をもつ熱湯をその内部に包蔵しているのかも知れない。

藤平は、早速人夫頭たちを集めると、地質学者が現場にやってくること、その調査から或る結論が出るまでは工事を中止し、その休工期間中は人夫たちに普通手当を支給することなどを告げた。

工事現場に物音は絶えた。ただ宿舎の建設作業が、横坑口の近くでつづけられているだけであった。

京都帝国大学の大石教授が助教授や若い助手をつれて入山してきたのは、三日後であった。四十代の大石教授は、職業柄《がら》山歩きにはなれていたらしいが、さすがに途中の桟道《さんどう》や吊橋《つりばし》では足もすくんでボッカの背に負われてわたったという。

教授たちは、すぐに横坑の内部へ入った。藤平は、滴《したた》り落ちる熱湯をふせぐために教授の頭上に番傘《ばんがさ》をかざし、人夫に持たせたバケツの冷水にタオルをひたして、それを教授の鼻にあてさせながらともかくも切端にまで案内した。

坑外へ出てきた教授の痩《や》せた体はよろめいた。

事務所に落着くと、教授は、黙って岩盤温度の経過表を見つめていた。教授は、黒部第三発電所建設工事計画に日本電力の依頼をうけて、その中心人物として早くから参画していた。年齢は若いが、その研究成果は世界的にも高い評価を受け、また応用面でも多くの鉱山、土木会社からの依頼をうけて実地調査に秀《すぐ》れた業績を残している。鹿児島県下の金山では金が全く出なくなって多くの学者や技師たちが廃鉱論を唱えたが、ただ一人、教授は、方向、距離を指摘して試掘させたところきわめて含有量の高い金鉱脈に突きあたったという一挿話《そうわ》もある。黒部第三発電所建設工事計画でも、教授の指摘通り地質は花崗岩質《かこうがんしつ》で隧道《ずいどう》工事も予定通り進められてきているのだが、阿曾原谷・仙人谷間の第一工区地域に属する地質予想は、高温度を内蔵していたという点で完全にはずれてしまっている。

教授は、助教授や助手に命じて附近の渓谷や峰の地質踏査をはじめた。かれらは、人夫の案内で峰によじのぼったり渓谷を溯行《そこう》したりして終日休みなく動きまわっていた。

一週間後、教授は、天知、根津、藤平を招いた。

「きわめて高温の断層が走っていますね。それが熱湯の湧出している原因です」

教授は、資料をひるがえしながら断定的な口調で言った。

「それでは、これからもまだ熱くなるのでしょうか」

天知が不安げに言った。

「私の予想では、岩盤温度は徐々に上っていって、切端前方三〇メートルの地点で摂氏九五度程度になるはずです。だがそれが高熱断層の中心部で、それを越せば温度は低下して一〇〇メートル奥の本坑地点では平均地熱摂氏一八度になると思います」

天知たちは、うなずいた。

「実は、先生の御意見をきいて、もしかしたら隧道ルートの設計変更を考えてみようかとも思っていたのですが……」

「それは、無駄《むだ》でしょう」

教授は、即座に言った。

「前面には、かなり長い距離にわたって高熱断層が走っているのです。たとえルートを変更してみたところで、それを避けて通ることは不可能です。現在あなたたちの掘りすすんでいる隧道の進行方向を見てみますと、丁度断層に直角に進んでいるようです。一刻も早くこの断層を通りぬけるためには最短距離、つまり断層を直角に突きぬけようとしている現在のルートが最も理想的だと言えるのです」

「しかし、これからまだ一〇度も温度が上昇するんじゃやたまりませんよ」

根津が、真剣な表情で言った。

「それはそうでしょうね、全く驚きましたよ。あんな中で、人夫たちはよく作業をやっているものですね。これからの作業方法をどうするか、それはあなた方専門家の考えることでしょうが、私案として、隧道に上方の峰の中腹から竪坑《たてこう》を掘り下げてみたらどうでしょう。熱い空気や蒸気がそれをつたわってのぼってゆく。つまり換気坑というわけです」

「それは私たちも考えています。竪坑でも斜坑でも掘ってみようと思っているんです」

根津の言葉に、教授はうなずいた。

「それから、これは突拍子もない意見のようにきこえるでしょうが……」

藤平が、口をはさんだ。眼鏡の奥の眼《め》には、熱っぽい光がはりつめていた。

「現在の岩盤温度があと一〇度も上るとなると、おそらく坑内温度は五〇度近くにはなるでしょう。今でも人夫たちは、よく堪《た》えて作業をしてくれていると思っているのですが、これ以上温度が上昇したら作業は到底不可能です。坑内に入るだけで人夫たちは大火傷《おおやけど》をするでしょう。今、お話のあった換気のための竪坑、斜坑を掘ることも当然実施すべきことだと思いますが、それ以外に作業に従事するかれら人夫の体を直接冷やしてやる必要があると思います。具体的な方法として、谷川の冷えた水を吸い上げてホースでかれらに冷水をかけてやったらどうでしょう。現在でもかれらは、坑外にとび出してくるとバケツで水をかぶって、また入って行きます。その作業時間の無駄を防ぐことと、さらに効果的にかれらの体を冷やしてやるために、冷水をホースで作業中の人夫に休みなくかけつづけてやるのです」

根津たちは、黙って藤平の顔を見つめている。

「しかし、ホースで冷水を人夫たちにかけてやっている奴《やつ》も熱いんだぜ」

天知が、ふと思いついたように薄笑いしながら言った。

「それも考えました。その連中には、また後方からホースで水をかけさせます。さらにその連中も坑内の熱さに堪えられなかったら、そのまた後方に水をかける人夫を配置してもいいのです」

「ホースの列がつづくわけか」

天知の声に、根津も教授たちも可笑《おか》しそうに笑った。

「笑いごとじゃありません。だいたい隧道そのものが常軌を逸しているのです。それに対処するには、少々滑稽《こっけい》でも思いきった方法をとらなければならないでしょう」

藤平の思いつめたような眼の光に、笑いはすぐに消えた。

かれらは、思い思いに思案するような眼をして黙っていた。

「ともかくその案もみんなで考えてみよう。人夫たちが熱にやられては、工事もなにもあったものじゃないからな」

根津が結論をくだすように言った。

教授を中心とした談合は終り、その日教授の一行は、ボッカたちに案内されて工事現場をはなれて行った。

翌日、天知、根津の連名で技師全員が召集され、技術会議がひらかれた。まず坑内の岩盤温度は、約三〇メートル前方に摂氏九五度の高熱断層の中心部があり、それを越すと温度は低下して、一〇〇メートル奥の本坑地点では平常地熱になる、という教授の推断が発表された。そして、その高熱断層を突破する技術的方法について、意見が交された。

教授の口にした換気用竪坑の案は、すぐに決定した。峰の傾斜の中途から約三〇メートルほどの深さの竪坑を掘りさげれば、丁度岩盤温度摂氏八五度の切端地点に達することも確認された。

さらに藤平の提案した冷水をホースで人夫に常時ふりかけさせるという案が提出された。その瞬間、席上にいる者たちの間に可笑しそうな笑いがひろがった。が、藤平が立ち上ると、かれらの眼からは笑いの色もうすらいだ。

「あの熱い切端に十分間でもいられる奴がこの中にいるか。それを人夫たちは、三十分近くもふみとどまって仕事をしているんだ。おれの案は、そんなに可笑しいか。お前たち、人夫の苦痛も考えろ。おれたちがいくら技術的な方針を立てても、かれらが作業をしてくれなければ工事は進まないんだ。おれの案よりいい方法があるなら教えてくれ」

藤平は、荒々しい声で言うと技師たちを見まわした。

沈黙が事務所内にひろがった。かれらは互に顔を見合わせ、しきりに思案するように思い思いの方向に視線を向けていた。

やがてかれらの間からさまざまな意見が出はじめ、藤平の案を支持する者もあらわれて、結局その方法をとる以外にはないだろうということに落着いた。

「よし、それではその方法を具体化してみよう。黒部の水を吸い上げて作業中の人夫にぶっかけるんだ」

根津が、断をくだした。

「火薬の問題ですが……」

火薬担当係の技師が、おびえたような表情で口をひらいた。

会議に加わっていた技師たちは、ぎくりとしたようにその技師の顔を見つめた。

「火薬類取締法規のダイナマイト使用制限温度は、御承知のように摂氏四〇度です。この法規は罰則もきびしくて、違反すれば体刑を科せられます。ところが現在の岩盤温度は、その制限温度を倍以上も越えてしまっているわけですが、これが警察にでも知れたら工事中止命令を受けることはまちがいないのです」

「それは、心配ないんだ」

天知が、即座に言った。

「この黒部第三発電所の建設工事は、阪神地区一帯の軍需工業の原動力に貢献するという意味からも、国家的要請のきわめて強いものなんだ。だからたとえ法規に違反しても、県の警察あたりでは今まで通り見て見ぬふりをしつづけるにきまっている。そんなことよりも現実の問題として、岩盤温度がそれほど高まっても果して危険はないものかどうかということの方が心配だ。つまり、熱のために自然発火するおそれはないかどうかという……」

天知の眼に不安そうな光が翳《かげ》った。

「ダイナマイトの発火点は、ぎりぎり何度ぐらいだと考えられているんだ」

根津が、火薬担当の技師にきいた。

「法規の制限温度四〇度も安全性を考えて定められたものですから、実際はぎりぎり九〇度程度かと思います」

「それならそれほどの心配はないじゃないですか。ホースで人夫に冷水をかける間に岩盤にも水をかければ、それだけ岩盤温度も冷えるでしょう」

技師の一人が言った。

「一石二鳥というわけか」

天知の表情もゆるんだ。

会議の空気には、工事続行のための解決法を見出《みいだ》した和やかさが漂い出ていた。それに、たとえ岩盤温度がさらに一〇度上るとしてもそれが頂点で、それ以後は下降するという教授の予断に、かれらは安堵《あんど》の色をかくしきれないようだった。

早速作業の分担がきめられ、換気用竪坑の掘り下げ工事と黒部川の冷水を坑内に送り込む作業の準備が、それぞれ指名された技師の指揮ではじめられた。

ホースの配置と渓流の水の吸い上げ装置は二週間ほどかかってととのえられ、中断されていた横坑工事が再び開始された。

人夫たちは坑道の奥に入り放水がはじまると、天井《てんじょう》から点滴する熱湯を避けるためまとっていた雨合羽《あまがっぱ》も不用になったのか、褌《ふんどし》ひとつの裸身になった。その後頭部や背中や尻《しり》に、ホースから放たれた冷水が音を立てて水しぶきをあげる。初めは接近して放水したためよろめく者もあったが、約一〇メートル後方から放水するのが最も適していることがわかった。

切端では鑿岩機《さくがんき》が一斉《いっせい》に乾いた音を立て、けずられた岩粉が放たれる水で流れつづける。が、岩盤に水が放たれると、水は音をあげて蒸発し、その水蒸気と湯気で坑内は照明灯の光もみえないほど薄暗く濁った。

人夫たちは、熱さからのがれることができたことに満足しているようにみえた。かれらは、時折作業の手をとめて可笑しそうに後をふりむく。放水している人夫たちも、その都度表情をくずしていた。

しかし、しばらくすると坑道の奥には、放たれつづける水が排水速度を追い越してたまりはじめ、やがて脛《すね》をひたし腰まで上って、人夫の下半身をその中に没してしまった。しかもその水は、岩盤の熱と坑内に湧《わ》く熱湯が入りまじって湯気をあげている。藤平がその温度をはかってみると、温度計は、摂氏四〇度をしめしていた。

人夫たちの作業は、停滞しはじめた。かれらの顔は上気したように赤く染まり、やがて坑外に出てくると、

「湯に入りながら作業をしたのははじめてだ」

と言って、苦笑していた。

しかし、人夫たちの意見を綜合《そうごう》すると、たとえ湯に下半身つからされていても冷水をかけられている方がはるかにしのぎよいということだった。

「ただ、三十分もいると頭がかすんできて、鑿岩機を持っているのも辛《つら》くなるよ」

人夫の一人が、人夫たちを代表するように言った。

その日の結果については、深夜おそくまで検討がかさねられた。たしかに冷水を注ぐことは、かなりの効果があるように思える。人夫たちは、坑道の天井から落ちる熱

湯に気をつかう必要もなくなり、合羽をぬいで半裸になることができる。それだけでもかなり熱さの苦痛もうすらぐと口をそろえて言っている。それに岩盤も冷水をかけられているため、測定される温度は一時的ではあっても一〇度近くは降下している。

発火点の心配はあるわけだが、ダイナマイトを装塡《そうてん》する直前に岩盤を冷水で冷やせば、たとえ岩盤温度が九五度に達してもほとんど危険はないだろうと推定された。

残された問題は、坑道の奥にたまる湯の量であった。坑道は坑口に向って傾斜がゆるやかに下っているので自然と坑口の外へ流れ出てはいるが、大量に放水される水量は、排水速度を越してしまうのだ。

藤平は、少しでも湯の量を少くするため、排水ポンプを設置することにきめた。

作業は、順調にすすみはじめた。排水ポンプも作動を開始して、湯の量が腰から上にあがることもなくなった。

藤平は、さらに岩盤温度の上りはじめている仙人谷本坑工事現場にも放水設備を設けさせた。が、仙人谷本坑の坑道は、逆に坑口に向って上り勾配《こうばい》になっているので坑道の奥にたまる湯は自然に坑外へ流れ出ることはない。やむなく藤平は、宇奈月から補給した三台の排水ポンプを配置し湯の排出につとめさせた。

第一工区工事は、活気にあふれた進行ぶりをしめしていた。

梅雨の季節がやってきた。

渓谷《けいこく》の水は融雪水をまじえて日増しにふくれ上り、激しい水しぶきが両岸の樹木を絶えず濡《ぬ》らしていた。しばしば瀑布《ばくふ》のような豪雨が渓谷一帯を白く煙らせ、奔流の音も加わって水の轟《とどろ》きがあたりの空気をふるわせていた。

根津は、所長命令を発して渓流近くに足をふみ入れることを厳禁した。冬の雪崩《なだれ》が黒部川に鉄砲水を発生させるように、梅雨期の降雨は頻繁《ひんぱん》に崖《がけ》くずれを起させ、それが渓谷の底に向って轟音《ごうおん》とともに落下する。そして、おびただしい岩石と樹木が渓谷の水をせきとめ流水が満々とたたえられると、巨大な水圧が岩石と樹木を押し流し、大奔流となって渓谷一杯にあふれながら流れ下ってくる。それは、津波のような速さと高さで押し寄せ、下流に一気に流れ下ってしばしば大洪水《だいこうずい》をひき起させるのだ。

四年前の昭和九年には、死者三十一、重軽傷者三百九、流失家屋七十八、浸水家屋九千九百五十八、流水耕地一、〇〇〇町歩、冠水耕地六〇〇町歩等五十八の市町村に大被害をあたえるという大洪水を発生させ、その後も毎年これに準ずる洪水が下流流域の市町村を浸しつづけている。

しかし、時折おとずれる晴間にみせる渓谷の光景は、藤平の眼に安らぎをあたえてくれた。樹葉の緑は、十分な水分をふくんで一層その濃さを増し、風が渡るたびに一《いっ》斉《せい》に揺れ、樹葉からふり落される水滴が、潮騒《しおさい》のような音を立てて渓谷一帯に満ちた。

七月一日、阿曾原谷横坑は、坑口より八〇メートルの地点に到達した。摂氏八五度を記録した地点より二〇メートル、本坑予定位置まで八〇メートルの位置であった。その日測定された岩盤温度は、正確に摂氏九五度を記録し、いよいよ高熱断層の中心部に突入したことが確認された。

藤平は、人夫頭を召集して最後の努力をはらうように督励した。坑内作業は、一層活気をおびてつづけられた。人夫たちは、この断層を突破できさえすれば熱さから解放されるのだという期待に、大きな喜びをおぼえているようだった。

それから二週間後、不意に岩田陸軍中将以下陸軍省の高官十数名が阿曾原谷の下流志合谷工事現場にまで日電歩道をつたわってやってきた。かれらは掘鑿《くっさく》中の坑道の中途まで足をふみ入れ、志合谷工事事務所で天知工事主任と根津所長の説明を熱心にきいた。

岩田中将は、第一、第二工区の日本電力、佐川組の技師、人夫頭たちを前に、この工事が戦争遂行上きわめて重大な意義をもつものであることを述べた。二日前には、ソ満国境張鼓峰《ちょうこほう》でソ聯《れん》軍との間に交戦が起り、ヨーロッパでもドイツを中心に戦争発生の気配がきざしはじめ、国際情勢は急激に緊迫の一途をたどっている。中国大陸の戦火も果しない長期戦の道を突きすすんでいる現在、軍需工業力の強化が急務だというのだ。そうした観点から今後も軍としては、黒部第三発電所建設工事にできるだけの協力をつづけてゆくと力説した。

すでに四月一日には国家総動員法が公布され、ガソリンをはじめ重要資材は強制的に使用制限をうけて自由に入手することはできなくなっている。根津たちは、工事に必要な資材が入手困難になることをおそれていたのだが、岩田の言葉に表情を明るくしていた。

根津は、熟練した人夫の兵役免除を岩田に願い出たい気持が強かったが、戦局がすでに支那《しな》事変という言葉とは程遠い本格戦争の様相をしめしていることを思うと、それを口にする気にはなれなかった。そして天知も、潤沢な資材の供給を懇願しただけで、それについてはふれようとしなかった。

その頃《ころ》、横坑の上方にある峰の中腹から掘り下げられた第一号竪坑が貫通した。二・八メートル×二・五メートルのその竪坑は、横坑口より六〇メートルの地点に垂直にあけられ、その穴から横坑の湯気が熱気とともに上昇し排出された。

「まるで煙突のようだな」

天知は、岩山の中腹から立ち昇る湯気を見上げて満足そうに笑っていた。

その換気用竪坑は、坑内温度を五度近く低下させることが測定の結果あきらかになった。根津は、早速さらに第二号竪坑と第一号斜坑を坑道の伸びるのを追うように掘鑿することを指令した。

横坑工事は、坑道内にあふれる湯と立ちこめる湯気にさまたげられながらも、日進一メートルの割合で順調に進んでいた。しかし、発破《はっぱ》後新たに露出した岩盤にさし込まれる温度計は不気味な目盛りをしめしていた。教授の指摘した摂氏九五度を越え、わずかずつ上昇線をたどり、七月二十日、不意に一〇〇度の温度計が音をたてて割れてしまった。

早速一五〇度温度計で測り直してみると、水銀柱は一〇七度の目盛りまで上昇していた。

藤平は、坑口を出ると降雨の中を事務所に急いだ。差し出された温度計の目盛りをのぞきこんだ根津も天知も、その顔からは血の色が失《う》せた。呆《あき》れたことに岩盤温度は、沸騰点《ふっとうてん》を大きく越えてしまったのだ。

教授の推定した最高温度摂氏九五度にはむろん二、三度の誤差があるだろうとは予測していたが、その推定温度より一二度も越えてしまっているというのは、どういうことを意味するのだろう。

「なぜなんだ」

「一体、どういうわけなんだ」

かれらは、青ざめた表情で譫言《うわごと》のように互に問いかけつづけているだけだった。

「冷静に考えてみよう」

天知が、椅子《いす》に坐《すわ》り直した。

「まず考えられることは、教授の指摘した摂氏九五度の高熱断層の中にさらに異常な高熱をもった層が存在していたのかということだ。もしもそうだとしたなら、その高熱地盤は部分的なもので数メートルも掘れば突きぬけられるにちがいない。それとも高熱断層の中心部の最高温度が、教授の予想したものよりもはるかに高い温度であったのか」

根津も藤平も黙っている。雨脚《あまあし》が、トタンぶきの屋根をはげしく叩《たた》きはじめた。

根津が、机の上に置かれた温度計を見つめながら口をひらいた。

「私の考えを言わせてもらいましょう。私には、なにか根本的に大きなあやまりがあるように思えてならないんです。初め地質学の先生たちは、隧道工事のルートにこれほど温度の高い温泉脈が走っていることなど誰《だれ》一人として口に出した人はいなかったはずです。ところが、横坑を掘り出してみるとこの始末だ。仙人谷本坑の坑道も温度が上昇してきている。それを予測できなかった学者たちは、出発点からまちがっていたわけだ。そこで大石教授にここまで来てもらった。踏査の結果、最高温度を摂氏九五度だと指摘した。それが九五度を突破して一〇七度まで上昇してきている。これは、あきらかに第二のあやまちを犯したと判断しなければならない。要するに地質学者たちはあやまちを二つつづけて犯したのです。それは、第三、第四のあやまちを今後も生み出す可能性が十分あると言っていいんだ」

「すると君の言いたいことは、教授の推測が全く信用できないというわけだね」

「その通りです」

根津は、目を血走らせて断言するように言った。そして、太った体を乗り出すと、また言葉をつづけた。

「初めからのことを考えてみようじゃありませんか。横坑口附近の地表は、この奥に温泉脈があることなど想像もつかないように冷えていたのに、加瀬組が三〇メートル掘ると摂氏六五度。それをひきついでわれわれがさらに三〇メートル掘りすすむと摂氏八五度、そして、現在坑口から一〇〇メートル近くくると一〇七度を記録した。奥へ進むほど熱が上昇してきている。素人《しろうと》考えからいけば、それは当然すぎるほど当然のことのように思える。つまりこの地球というやつは何十億年かかって表面が冷却してきているが、内部は依然として煮えたぎっている。地中を奥へ行けば行くほど熱くなるのが自然の成行きだ。学問的にはさまざまな理窟《りくつ》も考えられるだろうが、こんなに二度もあやまちを犯すようでは到底学者の言葉など信用できないじゃありませんか」

根津の声は、甲高くふるえをおびていた。

「正直のことを言うと、私も君の意見にほぼ同感なんだ。日本の地質学研究は世界的な水準に達していると言われているが、温泉湧出地帯に隧道をうがつなどという例は稀《まれ》なことで、そんな性格をもつ隧道工事に助言ができるほどには、学者たちの研究もすすんでいないというのが実情だろう。しかし、だからと言って根津君、ほかになにか頼れるものがあるというのかね」

天知は、根津の顔を凝視した。

根津は、黙って事務所の窓を見つめつづけている。

藤平は、自分の体から力がぬけてゆくのを感じていた。根津の言う通り、地質学者たちの言葉はすでに岩盤温度が摂氏一〇七度を記録した現在、信頼することは到底できないと言ってもさしつかえはなさそうだ。しかし、現実に工事をすすめる義務を課せられている自分たちには、学問的な判断以外に頼ることのできるものはなにもないのだ。

「ここまできたら仕方がない。ともかくもう少し進んでみようじゃないか。もしかすると教授の言う通り冷えてゆくかも知れない。岩盤の奥はだれにもわからないのだ。それ以外に方法はないじゃないか」

天知が結論をくだすように言った。

根津は、仕方なさそうにうなずきながら窓の外の雨脚に眼を向けていた。岩盤から湧《わ》く蒸気の量はさらに増して、照明灯の光もわずかにその周囲を明るませるだけになった。

藤平はホースの水を浴びながら、発破が終るたびに岩盤温度を測定する温度計の目盛りを祈るような眼で見つめつづけていた。摂氏一〇七度に達した岩盤温度は、三度程度降下して藤平に明るい期待をもたせたが、それも二日つづいただけで、再び温度は小刻みに上昇の気配をみせて、日によっては一一〇度の線を越えることすらあった。

人夫たちは喘《あえ》ぎながら作業をつづけていたが、幸いにも動揺の色はみじんもみせなかった。かれらは、地質学者の推定した高熱断層の温度も知っていたし、実際の岩盤温度がそれを裏切ってさらに上昇していることも知っていた。しかし、かれらは、その高熱も一時的なものでその断層を突きぬければ必ず岩盤は冷えてゆくのだと信じこんでいるようであった。

藤平は、かれらの期待通りに温度が低下することを願いつづけた。かれらは、大学の教授が多くの助教授、助手を使って実地に踏査した上で引き出した結論であるだけに、それに少しの疑いもさしはさまないでいる。そして、工事そのものも陸軍の将官を視察させるほど大きな国家的意義をもつものだということに、素朴《そぼく》な誇りを抱いているようだった。

藤平は、天知や根津と毎晩、事務所に集った。

「もうどうにでもなれだ。突っ走る以外に方法はないんだ」

根津は、苦笑しながらそんなことを口癖のように言うようになっていた。

三

七月二十八日——。前夜から降りつづいていた豪雨も漸《よう》く勢をおとろえさせていたが、時折、奔流とともに押し流されてくる岩石の激突し合う音が、事務所の窓ガラスをふるわせていた。

午後二時二十分、藤平は、坑道内からの発破の音をきいた。が、それから間もなく緊急鐘の叩《たた》かれる音をきき、同時に坑口からとび出してきた人夫頭が事務所に駈《か》けてくるのを見た。

人夫頭の眼《め》は血走り、唇《くちびる》はふるえていた。切端《きりは》の岩盤にダイナマイトを装塡《そうてん》中、不意に爆発を起したのだという。

事務所の中は総立ちになった。

藤平は、根津の後から降雨の中を坑口に走り、坑道へ駈けこんだ。人の喚《わめ》き合う声が坑道内に充満し、ホースを手に放心したように立ちつくしている者もいる。

湯気の密度が濃くなり、足許《あしもと》も見えなくなった。湯が脛《すね》まで上ってきて、藤平たちは湯をはねさせながら駈けつづけた。

白い湯気の中に、薄墨のように寄りかたまった人の影がひしめいているのが見えてきた。

「入るな、そこから入るな」

人夫頭が、声をからして叫んでいる。

人夫たちは、坑道の奥に向って同僚の名を呼びつづけている。かれらの淡い灯《ひ》に浮んだ顔ははげしくひきつれ、そのかすれた声も号泣に近いふるえを帯びていた。

「どうした」

根津が叫んだ。

「やられたよ、所長。声もしないし、這《は》い出てもこないよ」

人夫頭は、うわずった声で言うと湯気の奥に眼をこらした。湯気にまじって火薬の匂《にお》いが濃くただよっている。

その日、午後に入って穿孔《せんこう》作業が終り、火薬係四人がダイナマイトを手に切端の方へ消えた。

人夫頭の話によると丁度ダイナマイトが二十四箇うがたれた孔《あな》に装塡を終えたと思われる頃《ころ》、突然切端の方向ですさまじい閃光《せんこう》がひらめき、爆風とともに起爆音が坑道に充満したという。点火の合図もなく、むろん火薬係たちも待避してこなかったという。

駈けもどってこなかったのは、その四名だけではなかった。かれら四名の火薬係たちがダイナマイト装塡作業をおこなっている間、その一人一人にホースで水をかけていた四人の「かけ屋」がいたはずであった。つまり合計八人の作業員が難に遭ったらしいというのである。

同僚の名を呼びつづける人夫たちは、坑道の奥へ進もうとしている。一刻も早く運び出して治療を受けさせれば、助かる者もいるはずだと思っているのだ。

「入っちゃいかん」

根津が、人夫たちをどなりつけた。

装塡中に自然爆発を起したということになると、誘発を受けなかった残り、、、ダイ、、（爆発せずに残されているダイナマイト）がころがっている公算も大きい。一定の時間を経てからでなければ、切端へ救出に近づいた者も、残りダイの爆発にぶつかるおそれが多分にある。

「今から三十分後に入ることにしよう」

根津が、腕時計のガラスの曇りを拭《ぬぐ》いながら言った。そして、技師の一人をふり返ると、

「天知主任が、仙人谷の現場に行っているから、電話を入れて暴発事故があったことを連絡しろ。それから宇奈月の事務所へも連絡だ。事故の詳細については不明だと言うんだぞ。おれたちは、三十分後に切端へ入ると言っといてくれ」

と、落着いた声で言った。

藤平は、口中のひりつくような乾きと背筋を絶え間なく走りすぎる冷感を意識していた。思い出したように人夫たちが、ホースの水を浴びせかけてくれているが、坑内

の熱さも放たれる水の冷たさも感じられなかった。

装塡されたダイナマイトは、岩盤の熱のために自然発火してしまったものにちがいない。法定の制限温度をはるかに越えた岩盤を対象としてきたことを思えば、今まで暴発しなかったことが不思議でさえある。

藤平は、居たたまれぬような羞恥《しゅうち》をおぼえた。沸騰点《ふっとうてん》を越えた岩盤にダイナマイトをつめこませたことは、技術的指導にあたってきた自分たち技術陣の重大な責任である。たとえ他《ほか》に適当な方策がなかったとしても、それを強《し》いてきたことは技術者として無謀すぎる行為ではなかったか。それを人夫たちは、自分たち技師の言葉を信じて黙々と作業をつづけてきていたのだ。

寄りかたまった根津や人夫頭や技師などの体に、水しぶきが上っている。藤平も水を浴びながら、足もとを坑口の方向にゆっくりと流れている湯を見下しつづけていた。

時間の流れがもどかしかった。人夫たちも、すでに叫ぶことをやめて、坑道の奥の物音をききとろうとするように、黙って耳をすましていた。

藤平は、時計の針を見つめつづけた。その針が正確に三十分間経過したことをしめした時、

「さ、入ろう」

と、根津が水しぶきを浴びながらふり向いた。

根津がカンテラをかざして、先頭になって湯の中を進みはじめた。淀《よど》んだ湯気が周囲から体をつつみ、カンテラの灯も湯気をぼんやりと照らしているだけで坑内は薄暗い。

切端が近くなった頃、ホースが裂けて水がふき出しているのが目にとまった。が、「かけ屋」の姿は見あたらない。

後方から人夫が、ホースで放水しながらついてくる。

「岩盤にもかけろ」

人夫頭が、しきりに指示している。残りダイが岩盤の熱で起爆するのをおそれているのだ。

切端の方向に水が放たれだした。湯気にさえぎられて切端は見えないが、水がたちまち水蒸気に化するすさまじい音が一斉《いっせい》にきこえた。

先になって歩いていた根津が、足をとめて身をかがめた。その附近は、膝頭《ひざがしら》あたりまで湯がたまり、湯気で根津の姿もぼんやりとしか見えない。

「トロッコを持ってこい。それから切端のホースの水をとめさせろ」

根津の甲高い声がした。

数人の者が、湯をはねさせながら後方に引き返してゆく足音がした。残った者は、そのまま湯の中で立ちつくしている。

人の呻《うめ》き声も全くしない。ただ後方から放たれる水の音だけが、坑内に鈍い反響をあたえてきこえているだけであった。

切端で使われていたホースの水がとめられたのか、湯の量がわずかずつ減りはじめ、後方からトロッコのレールを鳴らす音が騒々しく近づいてきた。

「藤平」

根津の声がした。

藤平は、前に立っている人夫頭の体をすりぬけると、その声の方へ近づいた。

「みろ」

傍《そば》に近寄ると、腰をかがめていた根津がカンテラを突き出した。

湯気で曇るため眼鏡をはずしている藤平は、カンテラの先に浮び上って見える物がなんであるのかすぐにはわからなかった。桃色がかったものが、ぼんやりと湯の中からのぞいている。カンテラの灯が横に動いた。藤平は、目を見ひらき、口を半開きにした。それは、ひきちぎられた人間の足首であった。

藤平は、あわてて眼の前の湯の中に揺れている桃色がかったものに視線をもどした。

漸《ようや》くそれが、内臓のはみ出た胴体の一部であるらしいことに気づいた。

藤平は、あたりに立ちこめる火薬の匂いにまじって淀んだ血と脂《あぶら》の匂いに、意識が急速にうすれてゆくのを感じていた。

トロッコが湯気の中から姿をあらわし、藤平の背後でとまった。

根津は立ち上ると、トロッコの後方に顔を向け、

「みんな諦《あきら》めろ。仏ばかりだ」

と、言った。

湯気の中に淡くつらなっているカンテラの列が動かなくなった。その中から、噴き出すように号泣が起った。

「さあ、仏をトロッコへ入れろ」

根津は、カンテラを藤平に手渡すと、身をかがめて目の前の桃色がかった肉塊を抱き上げ、トロッコの中へ落した。

「さ、早く仏を外へ出してやるんだ」

人夫頭の涙まじりの叫び声がきこえた。カンテラが二つ三つと動いて、嗚咽《おえつ》が藤平のそばに近づいてきた。

藤平は、カンテラをかざして根津について歩いた。根津は、岩肌《いわはだ》にへばりついた肉

塊をそぎ落し、湯の底からちぎれた衣服のついている黒いものを抱き上げる。そして、腰をかがめてトロッコに近づくと、箱の中へ落しこむ作業をくり返しはじめた。

藤平は、しきりにこみ上げる嘔吐感《おうとかん》に堪《た》えながら、血に染ってゆく根津の頭上にカンテラをかざしつづけた。

「ホースはどうした。こっちへもかけろ」

人夫頭の一人がどなった。熱気が皮膚に食い入り、カンテラを持つ手が無感覚になってきた。

再び水しぶきが、周囲であがった。

「坑内の熱で仏がくさるからな。一つ残らずトロッコに積め」

根津が、水を浴びながらどなった。

たちまちトロッコが満載になって、それが後退すると入れ代りに空のトロッコが入りこんできた。人夫頭や技師たちが、坑内を動きまわっている。体の原型がたもたれているものもあるらしく、「××だよ」と泣き声が起ったりしていた。

根津と人夫頭は、スコップで山積している砕けた岩をくずして中から血に染ったものをひきずり出している。トロッコは、再びレールの上を湯気の中へ消えて行った。

「もうないか」

三台目のトロッコが半ば近くまでうずまった頃、根津が顔を上げて言った。

カンテラの灯が坑道内を動き、たまった湯が乱れた。

「こんな所だな。よし、坑外へ出ろ」

根津が言った。

トロッコが人夫に押されて動き出した。カンテラが、その前後に点々とつらなって揺れてゆく。放たれる水が、その周囲にはげしい水しぶきをあげながら移動した。

「出ますよ、出ますよ」

人夫頭や人夫たちの口から、読経《どきょう》のように低い声がもれている。死者の霊が坑内にとどまらないようにねがう、かれらの習慣的な祈りであった。

やがて湯気の密度がうすくなると、前方に明るい坑口が見えてきた。その明るさの中に引き出されたトロッコが、二台つらなってとまっている。

藤平の胸に、八名の人夫の死が実感としてあらためて感じられた。それは、打ちひしがれた根深い敗北感だった。死んだ者は再びもどってくることはない。今までも人身事故の発生した都度そうした感慨におそわれたが、何度くり返しても、やりきれない後悔のようなものが苦汁《くじゅう》となって体にひろがる。しかも、死者のほとんどは今まで眼にしたこともないような散り方をしている。

人夫の手で押されてゆくトロッコが、坑口に停止しているトロッコの後部にかすかにふれてとまった。それと前後して歩いていた人夫たちが、うろたえたようにトロッコの傍から小走りにはなれて行く。

藤平は、坑外の明るさの中に停止しているトロッコに眼を向けた。人夫たちがトロッコの傍から逃げるようにはなれた理由が、かれにも漸くのみこむことができた。坑道の薄暗い湯気の中でおぼろげに見えたものは、明るい雨の中でその姿をあからさまに露出している凄惨《せいさん》な人体の散乱物だった。

頭の中に、不意に炭酸水の蒸発するような音が湧《わ》き上った。と同時に、はげしい嘔吐感がこみ上げてきて、藤平は肩をまるめると咽喉《のど》を鳴らした。

「蓆《むしろ》だ。いくつでも持ってくるんだ」

根津の荒々しい声がした。

眼を上げると、トロッコを遠巻きにして人夫や技師が立ちつくしている。坑内夫だけではなく宿舎建築工事に従っている者も加わっているらしく、その数が二百名以上はいるようにみえた。かれらの顔には一様に血の気はなく、凝固したそれらの群れの上に細い雨脚が妙に明るく降りそそいでいる。

蓆が人夫たちの手から手へ渡されて運ばれると、トロッコの近く一面に敷かれた。

嗚咽とも嘔吐ともつかぬ声が、かれらの群れの中から間断なく起っている。

坑口の傍に立っていた根津が、トロッコの車輪に足をかけると内部に積まれたものをかかえ上げた。それは、胸から引き裂かれた上半身であった。

根津が蓆の上に下すと、人の群れに動揺が起きて輪が一層大きくひろがった。こわれた遺体のむごたらしさに、かれらは思わず後ずさりしたのだ。

根津は、再びトロッコの内部のものを抱き上げ、蓆とトロッコとの往復を休みなくつづけた。たちまち根津の体は、顔まで血と脂で染まり、それが降りそそぐ雨水で足もとに流れた。

藤平は、手伝わなければいけないとしきりに思った。かれらを肉塊にしてしまった直接の責任は、工事課長としての自分にある。が、根津の抱きかかえているものに眼を向けると、意識のかすむような嘔吐感がこみ上げてきて、血のしたたり落ちるものをかかえる勇気は到底湧いてきそうにもなかった。人夫頭も人夫たちも、おびえたように根津の作業を見つめているだけで、手を貸そうとする者はいない。

根津は、黙々と作業をつづけていた。その顔には表情らしいものはみられず、時折顔に流れる雨水を血に濡《ぬ》れた腕でこするだけであった。

三台のトロッコが、空になった。

根津は、さすがに疲れたらしく、太った体をあえがせて蓆の上にひろげられたものを見渡していたが、やがてちぎれた腕や足を手にして蓆の上を行ったり来たりしはじめた。漸《ようや》く藤平は、根津が散乱した多くの肉塊から、八組の遺体を組合わせようとしているのだということに気がついた。が、それはトロッコから遺体を抱きおろすことより、一層不気味な作業に思えた。

人の群れの中から湧いていた嗚咽の声も弱まって、わずかに勢を強めはじめた雨の音と渓流《けいりゅう》の音がきこえているだけであった。その中でかれらは、身じろぎもせずに根津の姿を見つめつづけていた。

ふと藤平は、或《あ》る感動がかれらの間にひろがっているのを意識した。血にまみれている根津の動きには、犯しがたい無言のきびしさが漂い出ている。遠巻きにとりまく人の群れの存在も忘れたように、根津は、ただ一人で肉塊をかかえながら蓆の上を往《い》ったり来たりしている。その頭髪の薄れた頭は、降りそそぐ雨にうたれて地肌《じはだ》をあらわにしていた。

人の群れの中から、老いた小柄《こがら》な人夫頭がよろめくような足どりで歩き出した。その動きにひきこまれるように藤平の足が、無意識のうちに歩みはじめていた。数人の者が、人の環《わ》の中から根津の傍に近寄って行く。

藤平は、蓆の上に置かれたものを手にとった。足袋《たび》をはいたままの足首だった。それを手に、かれは蓆の上を歩いた。嘔吐感は消えていた。

やがて、蓆の所々に八組の肉塊の堆積《たいせき》が出来上った。そして、根津を中心に、部分をしらべながら慎重な修正がはじまった。右足が二本胴体の下に置かれているものもあれば、腕の太さのあきらかにちがうものもあった。それは、複雑きわまりない組合わせ細工のように思われた。

漸く八組の遺体がつくり上げられたが、それらの遺体がそれぞれ誰《だれ》であるかの判別に、さらにかなりの時間がついやされた。まず辛《かろ》うじて原型をとどめている二体から氏名を確認し、それから残りの六組の肉塊の判定にとりかかった。足袋をはいている足、頭髪の具合、残っている歯列、それらを親しい人夫からきき出しては照合し、一体ずつ判定してゆく。全部の遺体を蓆でおおうことができたのは、すでに夕闇《ゆうやみ》が濃く落ちはじめた頃《ころ》であった。

仙人谷工事現場に行っていた天知が、豪雨後の崖《がけ》くずれの危険がある歩道を、技師たちとともに雨に濡《ぬ》れながらやってきた。

宇奈月の日本電力事務所からは、警察側の検視は宇奈月でおこなうから、遺体を至急下山させるように言ってきていた。

天知は根津と打合わせて、日本電力側から天知、佐川組から根津がそれぞれ工事監督者としての立場で同行することになり、遺体を夜を徹して宇奈月まで急ぎ運び下すことにきめた。

夜間の日電歩道を通ることには多くの危険もあるので、遺体は、運ぶのに便利なように一組ずつ急ごしらえの大きな袋につめこまれて人夫に背負われた。かなりの重さがあるので、交代要員を三名ずつ、合計三十二名の人夫と、その他根津、天知をはじめ八名の技師、人夫頭が、阿曾原谷を出発した。

藤平は、人夫たちと遺体を見送った。カンテラの列は、蛇行《だこう》しながら渓谷《けいこく》沿いに遠くなっていった。

工事はその夜から中止され、人夫たちは、仮宿舎の中で放心したように時をすごしていた。

技師たちは事務所に集ってきてはいたが仕事に手をつける者もなく、ただぼんやりと椅子《いす》に背をもたせて時をすごしているだけであった。殊《こと》に若い千早と成田は、すっかり落着きを失っているようにみえた。虚脱した表情で椅子に坐《すわ》っているかと思うと、急に立ち上って苛立《いらだ》った眼《め》をして歩きまわる。その顔には、恐怖に似た色があらわに浮び出ていた。

「うるせえ野郎《やろう》だな。落着いて坐っていたらどうだ」

技師の一人がどなるが、かれらのあわただしい動きはやまない。

なんとかしなければならない、と藤平は思い、夜、かれら二人を部屋に呼んだ。

「なにがこわい？」

藤平は、言った。

「死ぬことか？　それとも人夫たちのことか？」

かれらは、正坐《せいざ》したまま黙っている。

藤平は、かれらが散乱した遺体を眼にした衝撃からぬけきれず、それにひっそりと仮宿舎に閉じこもっている人夫たちに恐怖感をおぼえていることも知っていた。

藤平にも、事故後の人夫の動揺をおそれる気持は強かった。自然発火事故はあきらかに技師たちの責任で、八名の人夫の無慙《むざん》な死も、技師たちの無謀な指導によるものであることにまちがいはない。人夫たちは、当然同僚の死に対する憤《いきどお》りを、藤平たち技師にいだいているはずであった。

「お前らも犠牲者の姿に驚いたのだろうが、工事現場には避けよう避けようとしても死骸《しがい》はつきものなんだ。これはどうしようもない。人夫たちも腹は立てる。だが、かれらも仕方がないことを知っている。おれも初めは、かれらの怒りが恐しかった。だが、かれらはおれたちの方から誠意さえぶつければ、素直に反応してくれる連中ばかりだ。殊に今度の場合、所長のやってくれたことにかれらは腹を立てるどころか、感謝さえしている。こわがることはないんだ、なにもこわがることはないのだ」

藤平は、つぶやくように何度もくり返した。

たしかに人夫たちの表情には、不穏な気配はみじんも感じられない。かれらは、自分たちでも容易に手をくだせないでいた肉塊の散乱物を、黙々と一人で抱きつづけて動きまわった根津の行為に素朴《そぼく》な感動をおぼえているのだ。その上、宇奈月の町はずれでおこなわれた遺体の検視後、根津が畳針と糸でちぎれた体を長い間かかって縫い合わせ、その上から白い布で巻いたということもかれらは伝えきいているはずだった。宇奈月に駈けつけてきている遺族に、みじめな遺体の姿を見させないための配慮であった。

人夫たちは、技師たちの表情を敏感にうかがいつづけている。千早や成田のおびえきった眼は、かれらに決して好ましい影響をあたえない。わずかな弱みをみせても、かれらはすぐにそこにつけ込んでくるのだ。事故の起きた直後だけに、そうした動揺をあたえるきっかけは避けなければならない。根津の行為に対する感動を、そのままかれらに持続させた方がいいのだ。

が、そうしたことに気をくばっていた藤平も、事故発生後三日目には、宇奈月事務所との連絡に忙殺されていた。ダイナマイトの自然発火事故を天知と根津から聴取し、さらに提出された工事資料を検討していた富山県土木課は、県警察部との合同名で、阿曾原谷横坑工事、仙人谷本坑工事の第一工区隧道《ずいどう》全工事に対して中止命令を発したのだ。そして翌日には、天知と根津に案内された土木課の監督官と県警察部の係官二十名近くが、阿曾原谷工事現場にのぼってきた。

かれらが通達した指令は、正式にいうと火薬類使用禁止処分だったが、岩盤に発破をかけて掘進しなければならない隧道工事にとってそれは工事の全面的な中止命令を意味していた。

県警察部の係官は、火薬庫の扉《とびら》に封印し、土木課の監督官たちと坑口に入った。かれらは人夫の放つホースの水を浴びながら坑道をすすみ、事故現場を詳細に調査した。かれらは、持参した温度計を岩盤の孔《あな》の中にさし込んだ。岩盤温度は摂氏一二〇度で、火薬類取締法規による使用制限温度の三倍の目盛りをしめしていた。

天知も根津も、顔を青ざめさせて黙りこくっていた。

「これじゃ、自然発火するのは当り前じゃないか」

係官は、眼をいからせて言った。

かれらは、工事事務所で工事資料を押収《おうしゅう》し、さらに人夫の宿泊設備なども調査して険しい表情で下山して行った。

天知も根津も、打ちひしがれたように事務所の椅子に腰を下していた。第一工区の工事中止は、黒部第三発電所建設工事の全面的な放棄を意味する。佐川組別班の第二工区、大林組の第三工区のそれぞれの軌道トンネル工事は、すでにその三分の二を終了している。それまでに犠牲となった七十名に近い人命と資材、労力などすべてが、第一工区の工事中止によって全く無意味なものになってしまうのだ。

「このままじゃ大変なことになってしまう」

天知は、根津を誘うと顔をひきつらせて再び宇奈月へ下りて行った。

残された藤平たち技師は、ただ事務所に集って不安げな眼を交しているだけであった。人夫たちも、ひっそりと仮宿舎の中にとじこもって外へも出てこない。宿舎建設にあたっている作業員たちも、いつの間にか仕事をやめてしまって、渓谷には渓流の音と降りしきる蟬《せみ》の声だけがうつろにひろがっていた。

天知と根津は、それぞれ日本電力本社、佐川組本店との連絡に没頭していた。が、富山県土木課と県警察部との強硬な態度にあって、打開策のきざしもみられないようであった。

宇奈月から新たな連絡が、藤平のもとに入ったのは、八月も中旬をすぎた頃であった。

ダイナマイトの自然発火事故は、富山県庁と富山県警察部からほとんど同時に商工省、内務省に重大な不祥事故として報告された。が、中央からもどってきたのは、罰則適用などの処分は一切おこなわず、再び事故が発生しないよう工事方法を十分研究させた上で、工事再開の方向にもってゆくよう協力せよ、という指示であった。

富山県土木課も県警察部もその意外な指示に戸惑いをおぼえたらしいが、黒部第三発電所建設工事が、中央において国家的要請からきわめて重要視されていることにあらためて気づかされたのか、急に態度をやわらげると、日本電力、佐川組の各工事責任者をまねいて、工事再開を目標にした適当な工事方法を研究するように指示してきたというのである。

天知と根津が、再び阿曾原谷工事現場へのぼってきた。そして、藤平をまじえて意見の調整をおこなうと、日本電力関係、佐川組関係の第一工区隧道工事に従事する技師全員を召集して合同研究会議がひらかれた。

会議がはじまると、天知が、ダイナマイト自然発火事故の詳細とそれに対する県土木課・警察部の処置、そして中央からの指示によって工事再開の可能性が生れたことなどの経過を説明し、その可能性もすべて高熱隧道工事に対する工事方法の思いきった改善にかかっていることを力説した。そして、天知、根津、藤平の三人で検討してつくられた研究事項をしるした紙片が、技師たちに配られた。

合同研究会議は、その研究事項のしるされた順序にしたがって進められた。

第一項は、「ダイナマイト耐熱方法についての研究」であった。

すでに岩盤温度が、大石教授の指摘した高熱断層の最高温度摂氏九五度をはるかに越え、しかも上昇の一途をたどっているかぎり、教授の推測は完全なあやまりであると判断しなければならないし、掘進してゆけば岩盤温度はさらに高まることを覚悟しなければばならない。岩盤は、ダイナマイト装塡《そうてん》直前にホースで水をかけられ、温度も一〇度近く低下しているが、これ以上に温度が上昇すれば、たとえ放水によって温度低下をはかっても発火点以下におさえることはできない。ダイナマイト自然発火事故をふせぐ最も主要な条件は、ダイナマイトの耐熱方法を探し出すことである。そして、岩盤の冷却がそれほど期待できないとすると、後はダイナマイトそのものの性格を再検討する必要があるように思われた。

ダイナマイトは、ニトログリセリンを主成分としたもので発火点もその薬品の性格にもとづいているが、それを思いきって他の成分から構成された火薬にとりかえてみたらどうか、という意見が提出された。陸軍で地雷やレールなどの爆破作業に使われている黄色火薬や黒色火薬の使用を主張する技師もいて、それについて検討もおこなわれたが、それらの火薬類の性格は残念ながら第一工区隧道工事の使用には不適当である、という結論に落ちついた。第一工区の隧道工事の岩盤は、冷却させるために水が放たれるし、岩盤の中には熱湯も湧《わ》き出ている。たしかにそれらの火薬類は、瞬間的に強い破壊力をもってはいるが、水のしめりを受けては能力を発揮できないという弱点がある。

それにくらべると、ダイナマイトは、水中爆発なども可能なように水の存在も全く支障とはならない。ただ導火線が濡《ぬ》れると点火しないのが難点ではあるが、これも鬢《びん》つけ油をぬることで解決されている。結局、発破火薬も、従来通りダイナマイトを使う以外には考えられないことが確認された。

技師たちは、沈黙した。火薬類の耐熱方法に解決策が見出《みいだ》せなければ、自然発火事故は再び発生する。

会議は、翌日に、また翌々日にと持ち越されたが意見はまとまらず、結局天知の提案で、高熱に強いダイナマイトの研究・製造を火薬類の専門家に依頼することに決定した。そして、天知、根津、藤平が、それぞれ火薬類担当の技師をつれて下山することになった。

天知は、東京帝国大学の火薬類の研究室へ、根津は、愛知県知多半島にある日本油脂株式会社へ、藤平は、山口県厚狭《あさ》の日本火薬株式会社へと、三方に散った。

藤平は、夜行で厚狭におもむくと、日本火薬の吉川英吉技師をおとずれて摂氏一二〇度以上の高熱にも耐えられるようなダイナマイトの製作を頼みこんだ。吉川は、第一工区隧道工事の資料に目を通し、藤平の説明に耳をかたむけていたが、五日間の猶《ゆう》予《よ》を欲しいと答えた。

藤平は、一縷《いちる》の望みを託して旅館に泊り、その結果を待ったが、五日後に吉川から得た返事は、

「現在の研究段階では、その製作は全く不可能」

ということであった。

藤平は失望して、その結果を報告するために天知と根津に連絡をとったが、天知のおとずれた東京帝国大学でも根津のおもむいた日本油脂株式会社でも、返事は吉川のそれと全く同一のものであった。仕方なくかれらは、それぞれに阿曾原谷工事事務所にもどってきた。

研究会議が、再開された。

技師たちは、天知たちの結果報告をきくと気落ちしたように黙りこんでいたが、根津は、旅行中に考えたことだが、と前置きして、予想もしていなかったエボナイト製の管の使用案を口にした。

かれの説明によると、耐熱性のダイナマイトの製造は不可能にはなったが、問題はダイナマイトに岩盤温度の高熱がつたわらなければ解決するはずだ。そのためには、ダイナマイトと岩盤の間になにか他《ほか》の物を挿入《そうにゅう》することを考えてはどうか。挿入されるものは、むろん熱を伝導しにくい物質であるべきで、そうした性格をもつ代表的なものとしてエボナイトが挙げられる。

根津は、立つと黒板に長い管をかいた。つまりダイナマイトはその管につめこまれ、それを鑿岩機《さくがんき》で穿孔《せんこう》した穴にさし込むという方法なのだ。

「それは妙案だ」

天知が、即座に言った。

藤平も、いままでなぜ岩盤とダイナマイトの間の熱伝導を遮断《しゃだん》することを考えなかったのか、と苦笑しながら思った。

会議の空気は急に明るくなり、技師たちの眼も一様に輝いた。ただちに管の直径・長さなどが決定され、日本電力の技師と佐川組の火薬担当技師が下山することになった。

天知は、かれらに東京へおもむき、日本電力本社の協力を得てエボナイト製の管を大量に発注するようにと指示した。

ダイナマイトの岩盤温度に対する方法が見出されたことは、事故発生を防止する上で研究会議の目的の大半を果したのも同じであったが、工事再開のためには、そのほかに多くの解決しなければならない問題が控えていた。その第二の研究事項は、「労働環境改善方法の件」であった。つまりそれは、坑道内で作業をつづける人夫たちの受ける熱さを、どのようにしてやわらげるかということであった。

藤平は、第二研究事項の討議がはじまると、席上に参考資料として、岩盤温度摂氏一二〇度の場合の切端に近い部分の坑内温度の内容をしるした書類を提出した。

坑道は、横の幅が三・四メートル、高さ三・二メートルだが、坑内の底部は摂氏二〇度で最も低く、それから上方に向うにつれて、当然のことながら温度は急上昇している。藤平の工事日誌につける坑内温度の記録は、底の部分からはかって一・五メートルから一・七メートルにわたる部分、つまり立った人間の顔のあたりに相当する部分の温度をさしているのだが、その温度が摂氏六五度。それは、たちまち火傷《やけど》をするのに十分な熱さである。そして、温度は上方へあがるにしたがってさらに高まり、坑道の天井《てんじょう》に近い部分は、実に摂氏九〇度の目盛りをしめしている。その他坑道内の一現象として、天井に近い八〇度の温度をもつ部分に空気の層ができているらしく、それから上の部分には、湯気もなく透明な空気がひろがっていることも指摘されていた。

人夫は、こうした異常な熱の中で作業をしている。たとえかれらの体が熱に対して順応性を得ているとはいっても、それは人間が堪《た》え得る温度ではない。それを救っているのは人夫の体に浴びせかけられている水と、熱気を排出するのに役立っている竪《たて》坑《こう》の存在だ。殊《こと》にホースから放たれる水は、予期以上に人夫の苦痛をやわらげている。

あらためて人夫たちの体に放たれている水の効果が再確認された後、さらに水による冷却方法を充実させることに決定した。

この件については、藤平はいくつかの案を用意してい、黒板の前に立つと図解しながら説明をはじめた。

藤平の案では、まず渓流《けいりゅう》から吸い上げられた冷水は、今まで通り坑道位置から四〇メートルの高さに設けられた水槽《すいそう》に溜《た》められる。そのかなりの圧力をもった水を、坑口から坑道の底部に置いた直径一五センチの鉄管の中にみちびく。鉄管は坑道の奥までのばして敷設《ふせつ》し、切端に近い部分ではホースに連結させて放水用の水をとると同時に、その鉄管を利用してその他にも坑道の所々に冷水を放つ装置をとりつける。

坑道内を往き来する人夫たちは、熱の低い底部に近い空気にふれようとして低い姿勢をとって駈ける。時折ホースを手にした人夫から水をかけられるが、それでも堪えきれぬような熱い苦しさだ。今後、坑道が延長してゆけばゆくほどその往来の苦しさは増し、熱のために倒れる者が続出することも予想される。

そうした苦痛を合理的にやわらげるためには、坑道の随所に冷水を浴びさせる場所をつくる必要がある、と藤平は主張した。

その冷水を放つ装置の一つは、水のスダレをつくることであった。黒板の上に鉄管がえがかれた。そしてその上部に細い鉄管が連結され、坑道の天井に向けてのびると直角に曲げられ天井の幅一杯に渡される。そこには無数の穴があけられ、管の中の水が自然の降雨のように落ちる。つまり、その部分にスダレ状の冷水が落ちるような仕掛けを設けるのである。

「しかし、これだけではまだ十分ではない」

藤平は、白墨で鉄管の上部に穴をしめす小さな丸印をつけた。

「ここに穴をあけると、当然水圧のかかった管内の水は、音を立てて噴き出るはずだ。丁度噴水のように水がほとばしり出る。この噴水とスダレ状の放水装置を一〇メートル間隔に交互に設置する。坑内に入る者は、一〇メートルごとに体を水で冷やして進むことができるようになる。それから、第三の方法として……」

藤平は、白墨を動かして説明をつづけた。

それは、冷水のシャワーをつくる仕掛けであった。切端で作業をしている人夫にホースで水を浴びせている「かけ屋」に、さらに後方から水を放っている人夫がいる。が、そうした煩《わずら》わしさをのぞくために「かけ屋」の頭上にシャワー装置を設ける。「かけ屋」が水のシャワーを常に浴びていれば、後方からホースの水を受ける必要もなくなり、それだけ人員の節約にもなるのである。

「課長は、水の権威だね」

日本電力の技師が言ったが、笑う者はいなかった。

それらの方法は、坑内の人夫たちの体を冷やすだけではなく坑内温度そのものの低下にも役立つことが予想できた。水の霧は落下するまでに、多くの熱をうばうにちがいないのだ。

藤平の提出した案には活潑《かっぱつ》な意見が交されたが、結局異論をとなえる者はなく、いくらかの修正意見を加えただけで、その提案通りの装置を設けることになった。

早速直径一五センチの鉄管と一二センチの鉄管二本が、坑道の両側に引き入れられた。そして、一〇メートル間隔に水のスダレ、噴水が交互に設けられ、切端近くには移動性のシャワー装置がとりつけられた。

弁を開くと、水槽の水が鉄管に流れこみ、たちまち坑道内には水の多彩な噴出がみられた。

藤平は、それらの装置から放たれる水の温度を試みに測ってみた。夏季なので黒部川の水温は摂氏一二度だが、鉄管の中を流れてゆく間に坑道内の熱に水温は上って、切端近くのホースから放たれる水やシャワー、それに噴水などの水は、摂氏二〇度から二三度ぐらいになっている。坑内の熱さを考えれば、その程度の水温でも人夫の体には十分な冷たさとして感じられるはずであった。ただ期待はずれだったのは、スダレ状に落ちる水の温度であった。かなり密度も濃く驟雨《しゅうう》のように水が落ちているのだが、こまかい水滴の集りであるだけに、落下するまでに坑内の熱をうけて水温も三五度以上になってしまっている。しかし、それだけ坑内の熱をうばっていることにもなるし、ないよりはあった方がよいということで、予定通りそのまま設置されることに決定した。

放水量はかなり多くなったが、阿曾原谷横坑の場合は、放水箇所が坑道内に分散しているため、湯に化した水も溝《みぞ》の中を流れて思ったより順調に坑外へ排出されるようだった。ただ仙人谷本坑の場合は、坑口が高い位置にあるので湯量もかなりたまることが認められた。そのため仙人谷本坑には、さらにポンプの台数が増強されることになった。

水による坑内温度の低下問題は、一応それで終止符が打たれた。試みに坑内に送りこんだ人夫たちの意見も好ましいものばかりで、とりあえずそれらの装置を整備した上で工事再開を迎えることになった。

が、会議の席上で、技師の一人がさらに坑内温度を低下させるための新しい意見を提出した。それは、冷たい空気を坑内に送りこむという方法だった。

天知も根津も、その提案を採用して実施方法に対する研究をはじめた。この案には、大きく分けて二つの効果が予想できた。その一つはむろん熱した坑内の空気を低下させることだが、その二は、切端の岩盤に冷風をふきつけてその温度を冷やすことであった。エボナイト製の管でダイナマイトの自然発火も防止できるだろうが、岩盤温度を一度でも低下させることができればそれだけ危険率も低くなる。

根津たちは、その方法に積極的に取りくんだ。まず六〇トンの製氷能力をもつアンモニア冷凍機四台が宇奈月から運び上げられ、坑道内に据《す》えつけられた。冷たい空気はそこでつくられ、管で切端にまで送られる。送風する方法としては、三〇メートル間隔に六・五馬力のプロペラファンを管内にとりつけることになった。

初めに試験的に金属製の管を使って送風してみたが、管はたちまち加熱してしまって切端から流れ出てくる空気は、冷風とは程遠いものになっていた。そこで宇奈月の製材工場に依頼して松材の内部をくりぬいた木製の管を大量に作らせ、その管をつなぎ合わせて冷風を送ってみたが、それは完全な期待はずれに終った。加熱しにくい木管でも、内部の空気はかなり温度が上っていて、それにわずか一八センチ直径の管から流れ出る空気の量では、広い空間をもつ坑道の温度に変化をあたえるような力は持っていなかったのだ。

しかし、このプロペラファンを内部にとりつけた管から、根津たちは別の新しい方法を見出《みいだ》した。それは、その管を利用して熱した空気の排出をおこなおうというのだ。つまりプロペラファンの向きを逆に変えて排気しようというのだ。

根津は、逡巡《しゅんじゅん》することなく管内の改修をおこなわせたが、木管ではつなぎ目がうまくゆかない欠陥があるのでブリキ製の管に代え、プロペラファンもその能力を強化させるため、六・五馬力のもの以外に三〇馬力のものも併用して坑道の天井近くに管をとりつけた。また坑内の空気には硫黄《いおう》の成分が濃いので、ブリキ製の管の表面に耐酸塗料をすき間なく塗らせた。

この排気装置は、幸いにもかなりの効果をしめして坑内温度を五度近く低下させ、その上湯気の排出にも役立って坑内の照明能力も上り、人夫たちの呼吸も幾分は楽になったようだった。これによって、管に吸いこまれた熱気は湯気とともに、すでに二カ所に掘り下げられていた換気用第一号、第二号竪坑《たてこう》をつたわってさかんに外部へ排出されるようになった。

第三の議題は、「人夫の健康管理の件」であったが、専門外のことなので、これについては宇奈月町の開業医平川猪三郎の意見を中心に推しすすめられることになった。平川は、工事現場に治療機関を設けることを前提条件に、どういうつてをたどって探し出したのか北洋漁業の蟹工船《かにこうせん》に乗っていた医師四名を引きぬいてきて、看護婦四名とともに仙人谷、阿曾原谷の各診療室に常勤者として配置させた。そして、平川自身も、週一回宇奈月から入山してきて治療の指揮にあたることを約束した。

平川は、高熱の人体におよぼす影響について異常なほどの熱意をしめし、人夫たちの検診をつづけてそこから多くの結論を引き出した。

かれの意見によると、高い熱で失神した者の症状は日射病に酷似したもので、高熱につつまれながら作業をしている人夫たちには、全員軽微ではあるがそれに準じた兆候がみられるという。

こうした症状を放置しておくとそれが累積して後遺症を起すおそれもあり、その予防措置としては、作業を終えた後わずかでも目まいや嘔吐感《おうとかん》を訴える人夫に、必ずカルシウム注射をほどこす必要があることを指摘した。

また熱さによって人夫たちは多量の汗をかくので、塩分の不足をまねき、また水分を多量に飲むため下痢症状を起しているものが非常に多い。それらを予防するために平川は、坑内の休憩所に四斗ダルを用意して、その中に消化のよい粥《かゆ》をみたすように指示した。その粥はカロリーの高い糯米《もちごめ》を煮たもので、塩も多目に加え、人夫が随時ヒシャクですくえるようにする。また食堂でも専門の炊事婦を雇い入れて、鶏卵・牛乳等栄養価の高い食事を供給させるようにと主張した。

根津は、経費の膨脹をおそれたが、人夫の健康管理がそのまま工事の進行に直結しているという考えから、平川の意見を全面的に受け入れた。そして、天知を通して富山県庁とも交渉し、それらの食料品を工事再開の折には優先的にまわしてもらうように頼みこんだ。

また坑内の作業時間にも思いきった改訂をおこなって、一日の実働時間を一時間とし、切端での作業時間も二十分間を限度として一日三回、その間に二時間ずつの休憩時間をはさみ、全員交代制として工事は従来通り二十四時間休みなくつづけられることになった。

工事再開のための主要な態勢はととのえられ、合同研究会議は全議題の討議を終えたが、その頃《ころ》日本電力本社から隧道《ずいどう》ルートの変更計画がもたらされてきた。

天知と根津は、連れ立って東京へ向い、一週間後再び阿曾原谷にのぼってくると、藤平にその結果をつたえた。

「新しい変更ルートはこれだ」

根津は、図面にえがかれた隧道ラインを指さした。

旧ルートは、欅平から仙人谷までほぼ直線に近い最短距離を通って設計されている。が、新しい変更ルートは、阿曾原谷、仙人谷間の第一工区で大きく迂回《うかい》するように彎《わん》曲《きょく》されていた。

「日本電力でも、地質学者の意見に不信感をいだいている。大石教授の言うようにこれから掘りすすんだ場合、温度が低くなるというような期待も全く持ってはいない。むしろ、温度は上る一方だろうという意見が圧倒的だ。それに仙人谷から進んでいる本坑の坑道も、摂氏八〇度まで上っているのを考えると、今のままの旧ルートでは火の玉の中へ突っこんでゆくようなものだ。それで、日本電力でもルート変更を考えてくれたわけだ」

根津は、頬《ほお》をゆるめた。

「ルートを黒部川沿いの地表に近い方へ引きつけたのは、それだけ熱も低いだろうと判断したからですね」

藤平は、図面を見つめて言った。

「そうだ。現在の阿曾原横坑も本坑位置まで六〇メートルほどあるが、五五メートル手前に引きつけてある」

「すると、あと五メートル掘進すれば本坑位置に達するわけですか」

藤平は、顔をあげた。

新しく設計された変更ルートの全長は、阿曾原谷・仙人谷間で大きく彎曲させられているため旧ルートより一一八・五メートル長くなってしまっている。が、異常な熱をもつ岩盤のことを考えれば、藤平にもその思いきった設計変更に異論はなく、むしろ当然とるべき賢明な方法であるように思われた。

……藤平は、天知の依頼をうけて隧道ルート設計変更案をもふくめた黒部第三発電所建設工事第一工区隧道工事再開案という長い表書きのついた書類の作成に専心し、九月二十日、同じ内容のものを三冊つくって天知に手渡した。

その夜、藤平は、天知の部屋に根津とともに招かれて酒を飲んだ。食卓には、人夫たちが釣《つ》ったという山女魚《やまめ》が出されていた。

「根津君、今だから言うんだが……」

天知が、杯を傾けながら言った。

「あの事故の日、君は一人でばらばらになった人夫たちの体を抱いて始末したというが、正直言ってぼくはその場にいなくてよかったと思っているんだよ。ぼくには、そんな勇気は出そうもないからね」

根津は、苦笑した。

「宇奈月へ遺体を下してからも、手や足を縫い合わせてやったろ。みんな感激していたな」

天知が思い出すように言ったが、根津は、黙って魚をむしっている。

藤平は、根津とともに工事現場を転々と歩いてきた間に、そうした行為を根津が今まで何度もくり返してきたのを知っていた。人夫頭が遺体を縫合しているのを、自分からすすんでその役割を代ってやるのを眼《め》にしたこともある。そんな折の根津の顔には、ただ無表情に近い色しか浮んでいない。

「そういう勇気はどこから出るんだね。人夫が可哀想《かわいそう》だと思うのかね」

天知の眼には、少し恥じらっているような光がうかんでいた。

「自分にもよくはわからないが、不測の事故で死んだやつは、こっちに責任があるように思うね。尻《しり》ぬぐいをするという気持かな。だが、自分の不注意で死んだやつには、この薄馬鹿野郎《うすばかやろう》と思うだけさ。それでも始末だけはしてやるがね」

「答えをはぐらかしちゃいけないよ。ぼくのききたいのは、死体を抱く勇気がどこからくるのかということさ」

天知が、可笑《おか》しそうに笑った。

「それは、始末しなければならないからさ。ほかに誰《だれ》も手をくだすやつがいなければ、私がやらなけりゃ仕様がないでしょう」

「だけど、ちぎれた体を抱くのはいやなもんだろう。ぼくには到底できそうもないんだ」

「それは私だって好んでやっていることじゃない。しかし、人夫っていうやつは……」

根津は、そこまで言うと不意に口をつぐんだ。そして、畳に眼を落していたが、やがて顔をあげると、

「藤平、お前にはわかるだろう。そろそろお前にもおれのしている意味がわかりはじめているはずだ」

と、妙な笑い方をしながら言った。

「なるほど、ぼくにはわからない世界があるというわけか。君たちは直接工事を指揮しているんだから、われわれには想像できない苦労があるんだな」

天知は、根津の曖昧《あいまい》な返事にも別に気分をそこねたような様子もなく、根津と藤平の顔を交互にながめていた。

藤平は、黙って酒をのみつづけていた。お前にもわかりはじめているはずだ……という根津の言葉は、一体どういうことをさしているのだろう。藤平は入社以来十三年間、根津の指揮下に入って工事現場を転々としてきた。その間に根津の隧道工事技術者としての豊かな経験に裏打ちされたすぐれた技術的理論とその実行力を尊敬してきたし、その人間性にも親しみをいだいてきた。殊《こと》に、多くの技師、人夫頭、人夫を統率する能力は非凡なものがあって、新しい工事現場へ行っても人夫たちの信望をまたたく間に集めてしまうのが常であった。

藤平は、いつの間にか根津の信頼をかち得てかれに寄り添うように工事現場を歩いてきた。根津については、かなり深く知っているはずだという自負もある。が、藤平は、根津の問いかけるような言葉に戸惑いをおぼえていた。なにがわかりかけているはずだと言うのだろう。

根津は、「人夫っていうやつは……」と言って口をつぐんだ。人夫が、いったいどうしたと言うのか。ふと藤平は、根津が自分の顔をのぞき込むようにして問いかけてきた折の奇妙な笑い方を思い起した。その眼には、なにか悪戯《いたずら》でもみつかった子供のような、照れ臭そうな羞《は》じらった光が落着きなくただよっていた。

不意に藤平の胸の中を、閃光《せんこう》のようにかすめ過ぎるものがあった。藤平はぎくりとし、あわててその考えを打ち消した。が、それは、思いがけない確かさで胸の底に定着していった。

根津の一瞬みせた照れ臭そうな眼の光は、自分の内部にひそんでいるものを恥じているためなのだろうか。「お前にもわかりはじめてきているはずだ」という根津の言葉は、藤平の内部にも同じようなものがきざしはじめていることを見抜いていて、それに対しても羞恥《しゅうち》をおぼえているからなのだろうか。

根津は、遺体を抱く行為を、人夫たちに対する一種の「演技」からだと言いたかったのかも知れない。すでに三十年間も工事現場で人夫たちとともに過してきた根津は、むろんその間に人夫たちを扱うテクニックも多く身につけている。

技師と人夫。そこには、監督する者と従属する者という関係以外に、根本的に異なった世界に住む者の違和感がひそんでいる。それは、一言にしていえば、技師は生命の危険にさらされることは少いが、人夫は、より多く傷つき死ぬということである。

と言うより、人夫たちには、死が前提となっているとさえ言ってよい。或《あ》る工事がはじまる時、その予算案の中の雑費という項目には弔慰金に該当するものが必ず組みこまれている。死はあらかじめ予定されている事柄《ことがら》であり、しかも、それはより多く人夫の死に対して支払われる含みをもっているのである。

若い千早や成田が、八名の人夫たちの体を散乱させた事故直後におびえきった眼をして落着かなかったのは、かれらも、そうした事情を無意識のうちに知りはじめたからにちがいない。死ぬのは、技師たちではなく人夫たちだということに気づいたからなのだろう。そうした一種の後ろめたさに似たおびえは、技師たちに共通したもので、技師の一人である根津も決して例外ではないはずだった。

ただかれら技師たちにとって唯一《ゆいいつ》の救いは、人夫たちが、技師たちとの間にひそんでいる矛盾に関心をもとうとしていないらしいということなのだ。人夫たちは、同僚が死体になっても悲しむことしか知らないようにみえる。その死が、なぜ起ったのかという詮索《せんさく》に、かれらは怠惰だし、それに工事には死はつきものだという長い間培《つちか》われてきた諦《あきら》めが、かれらの眠りをよびさまさないでいるのだ。

根津は、そうした人夫たちの習性化された態度に、巧みにつけ込んでいるのかも知れない。かれは、決して人夫たちの前でひるみやおびえをみせようとはしない。荒い言葉をかけ、鋭い眼を光らせ、豪放な笑い声をあげる。それは、いつの間にか身にしみついたものになっていて、第三者の眼には不自然な印象はあたえない。

しかし、人夫たちにも、ふと眠りからさめかける一瞬がある。それは、人身事故が起った直後なのだ。

藤平は、坑口の外に出された三台のトロッコを、遠巻きにかこんでいた人夫たちの青ざめた表情を思い起した。かれらは、遺体のむごたらしさに戦慄《せんりつ》をおぼえていたのだが、同時にかれらの気配には、あきらかに緊迫した危機感が漂っていた。

かれらは、技師たちの指示にしたがって熱い坑道内で作業をしつづけてきた。技師たちの言う通りに、岩盤にダイナマイトを装塡《そうてん》しつづけてきた。それなのにダイナマイトは自然発火し、同僚たちの体は四散した。

三台のトロッコに積まれた肉塊を見つめるかれらの眼には、悲しみとも憤《いきどお》りともつかぬ切迫した光が湧《わ》き上っていた。それは、わずかなきっかけさえ与えられれば容易に怒りとなって噴き上り、同僚たちに死を強《し》いた技師たちや会社の経営者たちにはげしい批判を向ける可能性を十分にはらんでいた。

が、そうした事態を予測したのか、根津は肉塊を抱いた。血に染まり雨に打たれて根津は、ただ一人で無言のまま遺体の処理をしつづけた。

根津の姿を見つめつづけていた人夫たちの間には、あきらかな変化がみられた。かれらの眼にきざしていた憤りの色はたちまちやわらぎ、同僚たちの惨《みじ》めな肉塊を抱いている工事事務所長に感謝と畏敬《いけい》の念を感じはじめているように見えた。さらに根津が、宇奈月におろされた遺体を畳針でつなぎ合わせて遺族に引き渡したという行為を知って、それは決定的なものとなったのだ。

人夫たちの危うい感情を巧みに一変させた行為。それは、素朴《そぼく》な人夫たちの心理を知りつくした根津の演技だと言うのだろうか。

根津にとっては、ただ隧道《ずいどう》を貫通させることにしか関心がないことを、藤平は知っている。おそらく人夫たちの存在も、隧道工事を進めるための道具にしかすぎないのだろう。かれは、隧道工事技術者として多くの人夫たちの死骸《しがい》をふみつけながら生きつづけてきた。そして、その後に残されたのは、一〇〇キロメートルに及ぶかれの隧道貫通実績と、その都度肉附《にくづ》けされてきた技術的な経験なのだ。

藤平は、酔いに赤らみはじめている根津の横顔をうかがった。根津の存在が、藤平の眼に異様なものとして映ってきた。

藤平は、胸の中に悲哀感に似たものがひろがってゆくのを意識した。そして、自分自身も根津と同じ世界に足をふみ入れかけていることに、卑屈な萎縮感《いしゅくかん》をおぼえていた。

それから二日後、天知と根津は、藤平のまとめた書類を富山県土木課、県警察部に提出するため下山していった。

藤平には、出来るかぎりのことをしたという満足感があった。おそらく書類は認可されるだろうという自信めいたものも湧いていた。

その夜、藤平は、久しぶりに坑道内の熱湯をひき入れてつくられた坑口の傍《そば》の湯につかった。夜空には霧が濃く流れ、そのすき間から薄れた星が時折見える。藤平は、湯槽《ゆぶね》のふちに頭をもたせてしばらくの間まどろんでいた。

天知と根津が下山してから五日目に、土木課の監督官と県警察部の係官一行が実地視察のため入山してきた。

かれらは、坑道内の新しく設けられた装置やダイナマイトをつつむエボナイト管などを根津の説明をききながら熱心に見てまわり、阿曾原谷仮宿舎に一泊後、仙人谷本坑内も視察して再び天知や根津とともに渓谷《けいこく》を下って行った。

すでに空気は冷えを増してきていて、渓谷の水も一層冴《さ》えた色をみせていた。渓谷には、おびただしい赤蜻蛉《あかとんぼ》が風のそよぎに乗って漂い流れていた。

九月二十九日、宇奈月から連絡が入って第一工区隧道工事の火薬類使用禁止処分が、富山県、県警察部の合同名で解除されたことをつたえてきた。ただその解除通達には、再び事故が発生した折には即日工事中止を命ずるという条件が附されていた。

藤平は、すぐに仙人谷本坑工事現場にその通達を連絡すると同時に、技師・人夫頭を全員召集すると、工事再開のための準備作業に着手することを指令した。――七月二十八日のダイナマイト自然発火事故による休工以来、すでに二カ月が経過していた。

天知と根津も阿曾原谷にのぼってきて、工事再開日は、十月一日ときめられた。

その日、午前六時、水槽の弁がひらかれて冷水が鉄管に導き入れられ、たちまち坑道内に水の噴出がはじまった。プロペラファンも始動して、竪坑《たてこう》口からは湯気が濛々《もうもう》と排出されはじめた。

穿孔係《せんこうがかり》の人夫たちが入坑した。かれらは、熱い坑道を身をかがめて走ると一〇メートル間隔に置かれた噴水や水のスダレの冷水を体をちぢめて浴び、体が冷えると、また熱気の中を次の浴水場まで駈《か》けて行く。鑿岩機《さくがんき》の乾いた響きが切端近くの坑道内にとどろき、「かけ屋」はシャワーを浴びながら穿孔夫の動きにつれてその体にホースの水を注いでいる。

人夫たちは二十分置きに交代し、新たな鑿岩機の穿孔する轟《とどろ》きが起る。そして、午後二時、切端の岩盤には、定められた数の孔《あな》がうがたれた。

が、人夫たちの間に動揺が起ったのはその直後であった。ダイナマイトを装塡する火薬係の人夫たちが、ダイナマイトの自然発火をおそれて切端に近づこうとしないのだ。

人夫頭から報告を受けた藤平は、坑内に入った。

「なにをびくついていやがるんだ、腰抜けども。早く発破《はっぱ》をかけねえかい」

老人夫頭が、水のスダレの下でどなっているが、火薬係の人夫たちは、顔をひきつらせ互に身を寄せ合って立ちつくしている。

藤平はかれらに近づくと、新しい方法では決して自然発火の危険はないことを熱心に説いた。

「県の役人も警察の係官も、これなら心配はないということで許可してくれたんだ。自然発火なんかしないから、安心してやってみろ、やってみろ」

藤平は、親しげにかれらの肩をたたいた。が、人夫たちは、口を閉ざしたまま身じろぎもしない。かれらの眼には、一様に恐怖の色が濃くはりつめていた。

人夫頭が、いきなり人夫の頰《ほお》を殴った。

「まあ待て。連中がびくつくのも無理はないよ。新しい方法は、おれたちが考案したものだ。おれに責任があるんだから、おれがやる」

藤平は、人夫たちの傍に置かれているエボナイト管につめ込まれたダイナマイトの束をかかえ上げた。

「課長さんよ、それならおれも行く」

中年の人夫頭が言った。

「おれ一人で十分だ」

藤平は、素気《そっけ》なく首をふった。

「でも、火つけには加減があるんですよ、私ならやれますから一緒に行きますよ」

藤平は、苦笑した。そして、火薬係の人夫たちの傍をすり抜けるようにすると、坑道の奥に向って歩き出した。

たちまち周囲から痛いような熱さが体をしめつけ、よどんでいる湯気の密度も濃くなってきた。藤平は、人夫頭と足をはやめると放水されている水で体を冷やし、また背をかがめて小走りに駈《か》けつづけた。

やがて、切端の岩盤が、前方の湯気の中にみえてきた。

切端にたどりつくと、人夫頭が、岩盤にホースの水を叩《たた》きつけはじめた。水の尖端《せんたん》から水の蒸発するすさまじい音が起り、それと同時に水蒸気が岩盤をかすませた。

人夫頭と身を寄せ合ってシャワーを浴びていた藤平に、はじめて恐怖感がおそった。

岩盤に放たれる水は、熱しきったフライパンに落された水のように音を立ててはじけ、またたく間に消えてしまう。ダイナマイトが自然発火するのは当然なのだ。果してエボナイト管が、熱の伝導をふせいでくれるだろうか。高い熱にふれて融《と》けてしまうようなことはないだろうか。

「かけ屋をやってください。装塡は私がやります」

人夫頭が、ホースを藤平に渡した。

その人夫頭の顔に眼《め》をとめた時、新たな戦慄《せんりつ》が藤平の全身をつらぬいた。熱気で充血したように赤らんでいる人夫頭の顔はこわばり、全く別人のように変貌《へんぼう》してみえた。

人夫頭が、ぎごちない手つきで穿孔した穴にダイナマイトをさし込みはじめた。藤平は、人夫頭の体にホースの水を注ぎながら、膝頭《ひざがしら》がふるえはじめているのを意識した。穿孔された穴からは、一様に湯気がふき出ている。その穴に、一本ずつエボナイト管につめこまれたダイナマイトが、人夫頭の手で塡《う》められてゆく。

時間の経過が、ひどく長く感じられた。放水されて温度のさがった岩盤も、一秒一秒その熱を恢復《かいふく》してゆく。肉塊となって四散していた人夫たちの無慚《むざん》な姿がしきりに思い起され、今にも閃光が視神経を焼き、体がひき裂かれ飛散する恐怖におそわれた。

藤平は、不安をおぼえながら岩盤にもしきりに水をかけた。その度に、岩盤ははじけるような音を立て、湧《わ》き上る水蒸気が人夫頭の体をつつみ込んだ。

漸《ようや》く、装塡が終った。

「点火しますよ」

人夫頭は、ふるえを帯びた声で叫ぶと、カンテラの灯で導火線につぎつぎと火を点じていった。たちまち岩盤一面に導火線の眩《まばゆ》いまたたきがひろがった。

人夫頭が、走りはじめた。

藤平は、ホースを投げ出すと湯の中を駈けた。熱気で意識がかすみ、呼吸がとまりそうになるほど苦しかった。

待避所にたどりつくと、藤平は、人夫頭と身を寄せ合って鉄管から噴き出ている水を頭から浴びた。その水は、熱しきった皮膚に氷のような冷たさでふれ、内臓が収縮し動悸《どうき》が音を立ててたかまるのをおぼえた。

無事に切端からはなれることができたという安堵《あんど》が、体中に満ちあふれた。水の冷たさにもなれて、藤平は、耳をおおいながら快さそうに水を浴びつづけていた。

が、そうした安らぎは、たちまちのうちに消えて、発破が正確におこなわれるだろうかという不安が湧き上ってきた。もしも発破が予定通りおこなわれなければ、人夫たちの不安と不信感は一層たかまって、切端に近づく者はいなくなってしまうだろう。

漸く工事再開許可を得た隧道工事も、人夫たちのいだく恐怖感から内部的に崩壊してしまうことになる。

藤平は、人夫頭の顔をうかがった。が、人夫頭はかたく眼をとじていて、その表情からはなにも探り出すことはできなかった。

藤平の眼に、一瞬閃光が走った。と同時に、すさまじい炸裂音《さくれつおん》が坑道を突きぬけ、あたりの湯気がはげしい早さで乱れ合った。その炸裂音と風圧には、正確な発破の手ごたえが十分に感じとれた。

藤平は、胸に熱いものがこみ上げてくるのを意識しながら、人夫頭の顔をうかがった。人夫頭の眼にも、光るものがにじみ出ていた。

二人は黙ったまま、発破音の木霊《こだま》する坑道を、坑口の方に向って次の浴水場まで走った。人夫頭のおぼつかないダイナマイト装塡作業は、専門的な火薬係の人夫たちの作業より長くかかったにちがいない。それでも自然発火を起さなかったのは、期待通りエボナイト製の管が岩盤の熱をふせいでくれたことを意味している。

人夫たちの寄りかたまって立っている姿が、湯気の中に薄黒くみえてきた。

「うまくいったようですね」

人夫たちの間に立っていた白髪《しらが》頭の人夫頭が、明るい表情をして声をかけてきた。

「当り前だ。十分に研究してから採用した方法なんだから……。どうだいお前ら、素人《しろうと》のおれたちでもできたんだぜ。それをお前たち玄人《くろうと》がやれねえことはねえだろ」

藤平は、笑いながら言った。

人夫たちは、互に照れ臭そうに顔を見合わせていた。

藤平は、ふと、自分の行為は血に汚れながら人夫たちの肉塊を抱いていた根津と同じ類《たぐ》いのものなのだろうか、という考えが、胸の中をかすかな羞恥《しゅうち》とともにかすめすぎるのを意識した。が、藤平は、作為は全くないのだとしきりに自分自身に弁明した。切端に近づきたがらない人夫たちを説得するためには、藤平自身が手をくだして試みなければならない立場に置かれていたのだ。それも、自分の体が四散する危険をおかしてやらなければならない行為だったのだ。

「さ、作業だ、作業だ。なにも心配はないんだぞ」

藤平は、薄笑いしながら坑口の明るみの方へ歩いて行った。

その日、二回目の発破もおこなわれて切端が一・七三メートル前進し、作業は順調にすすめられ、四日後の十月五日には、新ルートの軌道本坑位置に到達した。阿曾原谷横坑工事は、完全に終了し、そこから左右両方向にむかって本坑工事がはじめられることになった。

変更された本坑ルートの設計図面によると、横坑の突き当りから右方、仙人谷坑口までは七一八・八二五メートルの距離がある。しかし、仙人谷からの坑道はすでに一〇五メートル進んできているので、その間の距離は約六一四メートル。それを両側から貫通を目ざして掘りすすむことになった。

横坑の突きあたりから左方、つまり下流方向にむかってすすむ工事班は、約一キロメートル下流の折尾谷から掘りすすんできている第二工区工事班と途中で通じ合うわけだが、折尾谷工事班の進度はきわめて早く、その間の距離は、わずか一二〇メートルを余すだけになっている。それに折尾谷工事班の掘りつづける坑道は、岩盤温度も平均摂氏四〇度程度であるので、下流方向にむかう坑道も阿曾原谷をはなれてゆくにつれて急速に温度も冷え、工事も順調にすすむだろうと予想された。

それとは対照的に、上流方向、つまり仙人谷に向って進む坑道の掘鑿《くっさく》工事は、これまでの横坑工事よりもさらに多くの困難な条件が控えていると予測された。横坑突きあたりの岩盤温度はすでに摂氏一三二度を記録し、それに仙人谷側工事班の坑道の切端も摂氏九二度までたかまっていることを考え合わせると、岩盤温度はさらに上昇すると考えなければならない。

十月六日早朝、根津は、阿曾原谷横坑工事完工を祝う意味と本坑工事の無事故を祈って、横坑突きあたりの岩盤に清酒二升を注いだ。が、清酒は、たちまち音を立てて水蒸気に化してしまった。

四

紅葉が上流からくだってくると、亀裂《きれつ》のように食いこんだ小さな谷々の樹葉を素早い速度で染めていった。渓流《けいりゅう》の水は一層澄み、狭い渓谷の夜空には、冴《さ》え冴《ざ》えとした星の光がひろがった。稀《まれ》に峰々の間からのぞく月が、暗い渓谷のところどころを明るませていた。

志合谷、折尾谷、阿曾原谷、人見平、仙人谷の各工事現場ですすめられていた本宿舎も、漸《ようや》くその形をととのえはじめていた。いずれも完全越冬に堪《た》えるように規模も大きく堅牢《けんろう》で、地下には生活必需品をおさめる貯蔵庫も設けられていた。

これらの本宿舎の建設については、雪害殊《こと》に雪崩《なだれ》からの被害を受けることのないよう綿密な配慮がはらわれていた。建物そのものも圧壊されないように鉄筋コンクリートでかためられ、強度にも十分留意されていたが、建設地点の決定には、さらに慎重な検討が加えられていた。

その選定には、技師三名と助手として三名の技手が専門に担当し、多くの雪害関係の資料を参考にまた専門家の意見も乞《こ》うて、雪崩の決して発生しないと思われる場所を指定していた。黒部渓谷の場合には、雪崩の危険の全くない平坦《へいたん》な土地はないから、地形だけで安全性を決定することは不可能である。むろん地形的な条件もできるかぎり考慮されたが、結局、それよりも植物の生育状況を観察して判断するのが最も確実性があるという結論に達していた。

雪崩の頻発《ひんぱつ》する場所には、雪崩のために草木の生育は全くみられず、岩が露出していてわずかに地衣類がみられる程度である。また樹木が生えていても、灌木《かんぼく》類は、一般的に屈撓《くっとう》性があるので雪崩におそわれても折れることが少い。そうしたことから、灌木類の生えている場所も雪崩とは無縁だとは言いきれない。

結論として、雪崩にあうとたちまち折れてしまう黒部渓谷に多くみられる高山性松科のオオシラビソ（別名青森トド松）の群生地や、大きな樹木の生い繁《しげ》った森をひかえた地点が最も安全性が高いということになった。それらの樹齢をしらべることによって、その樹齢年数だけはまちがいなく雪崩が発生したことがないという判断をくだすことができた。

五つの本宿舎は、これらの諸条件を慎重に検討した結果選ばれた地点に礎石を打ちこんだものであった。いずれも附近の傾斜地は、樹齢三百年から五百年のオオシラビソや欅《けやき》・橅《ぶな》などの巨木が密生している所ばかりだった。そして、それらの鉄筋コンクリートの本宿舎は、やがてやってくる初雪の訪れと競い合うように、最後の仕上げ工事を急いでいた。

紅葉が、潮の引くようにさらに下流へ移動してゆくと、それを待っていたように樹葉が一斉《いっせい》に枯れはじめた。風が渡ると、枯葉が、雀《すずめ》の群れのように舞い上り渓谷一帯に降りそそいだ。

その頃《ころ》、二年二カ月前に工事に着手していた第二工区佐川組担当の志合谷から下流方向の部分と、大林組請負いの第三工区の軌道トンネルが、予定期限通りにつぎつぎと貫通された。それらの軌道トンネルは、工事の能率をはかるため幾つもの工区にわけられて、横腹から数多くの横坑をうがち、それぞれ左右に掘りすすんでいたのである。

また阿曾原谷横坑の突きあたりから下流方向にむかった工事班は、予想通り岩盤温度の急速な低下でいちじるしい進み方を示していた。そして、十一月八日午前一時三十五分、折尾谷工事班とのはげしい掘進競争の後に、折尾谷工事班の岩盤穿孔鑿《せんこうさく》が阿曾原谷側工事班の切端にその尖端《せんたん》をのぞかせ、最後の発破であけられた穴から人夫たちがとび出し互の体を抱き合った。

この貫通を最後に、欅平から阿曾原谷にいたる四、四六四メートルの軌道トンネルは全ルート開通された。残されたのは、阿曾原谷・仙人谷間の高熱地帯をひかえた岩盤だけになった。

すでに軌道トンネル掘鑿《くっさく》工事をすべて終了した第三工区の大林組、第二工区の佐川組志合谷・折尾谷工事班は、その後引きつづいて水路トンネルの掘鑿に全力をあげ、藤平を班長とする阿曾原谷・仙人谷間の隧道《ずいどう》工事との差をさらにひろげていった。

藤平は、これら他工区の順調な工事進度にあせりをおぼえていた。藤平の担当する工事区が、たとえ特殊な高熱地帯であるとは言え、漸《ようや》く横坑工事から本坑工事に移ったばかりだというのでは、隧道技術者としての自尊心が許さない。ふんだんに金銭をついやし人員も大量にそろえて、しかも遅々として進まない工事量を、他工区の技師たちは笑っているかも知れない。

藤平の顔には、日増しに焦《あせ》りの色が濃くなっていった。

しかし、越冬をくわだてていた藤平たちにとって、阿曾原谷から下流の軌道トンネルが開通したことは、大きな心の救いとなった。冬期になれば日電歩道の通行も絶たれるのだが、軌道トンネルの開通によって他工区との連絡もとれ、欅平を経て宇奈月までの通行も可能になったのだ。それは、精神的な安心感ばかりではなく、越冬中の工事の進度に必ず良い結果を生むにちがいなかった。

初雪がちらついた日、各工事現場の本宿舎は、部分的な内装工事を残すだけですべて入居可能になっていた。根津は、全工事現場に仮宿舎から本宿舎への移動を指令した。

十一月下旬、降雪は本格的になって、たちまち渓谷《けいこく》は雪におおわれた。佐川組第一、第二工区の技師・人夫全員の越冬がはじまったのだ。

その間、仙人谷に向って本坑を掘鑿しはじめた阿曾原谷側工事班の岩盤温度は、依然として不気味な動きをしめしつづけ、摂氏一三〇度台を上下していることが多かった。日によっては、一四〇度を大幅に越えることもあった。さらに仙人谷側切端の岩盤温度も一発破《はっぱ》ごとに急上昇し、十二月に入ると遂《つい》に摂氏一〇〇度を突破、その後も上昇の気配を一向に止めない。

「何度まで上りやがるつもりなんだ」

根津は、毎日藤平から提出される岩盤温度経過表を苦りきってながめていた。

予想された通り、仙人谷・阿曾原谷間の残された部分の岩盤温度の低下は、ほとんど絶望的なものになった。

「どうにでもなりやがれだ。火の玉の中へでも突っこむんだ」

根津は、時折叫ぶように言った。

そうした温度の上昇の中で、逆に工事は快調な進度を記録しつづけていた。一日一メートルの進度ではあったが、稀《まれ》には二発破の日もあって二メートル近くの掘進をはたす日もあった。その矛盾した現象の最大の原因は、雪の降りそそぐ渓流の水温が氷点近くまでさがっていて、鉄管の中を切端附近まで導入されてきても、摂氏一五度以下の冷たさが常にたもたれている。つまりそれまで放水されていたものよりも、さらに低温の水の放出によって坑内温度の上昇がふせがれ、また熱した人夫たちの体を一層冷やすことにも役立って、それらが作業能率をたかめる好結果をもたらしていたのだ。

ただその頃、ダイナマイトの装塡《そうてん》作業に従事している人夫たちから、エボナイト管の岩盤への挿入《そうにゅう》が手際《てぎわ》よくおこなえないという苦情が、しきりに藤平のもとへ持ちこまれるようになっていた。鑿岩機でうがたれる穴は、慎重に穿孔しても多少の歪《ゆが》みが生じるのが常だが、エボナイト管は直線的でしかも硬く、穴の中へ押し入れても途中でつかえてしまうことも稀ではないという。

藤平も実際に切端で管の挿入をこころみてみたが、たしかにエボナイト管は穿孔された穴になじまない。もしも岩盤への挿入が一本でもおくれる場合があれば、すでに挿入されている他のダイナマイトに岩盤の熱がつたわるおそれも生じてくる。それは、自然発火事故を再発させることにもつながるのだ。

藤平は、人夫たちの苦情を重視してエボナイト製の管に代る遮熱物《しゃねつぶつ》の選択をはじめた。

初めに考えたのはボール紙の管であった。エボナイト製の管が一本二十銭もするのにボール紙の管は二銭でできるという経済的な利点がある上に、熱の伝導をふせぐ性質もエボナイトとほとんど変りがない。藤平は、早速試作したボール紙の管をつかってダイナマイトの装塡作業をやらせてみたが、水気に弱いというボール紙の性格が、結局その使用を断念させた。切端の岩盤には絶えず水が注がれ、岩盤内にも熱湯が湧《ゆう》出《しゅつ》している。ボール紙の管はたちまちそれらの水分を吸収して柔くなり、押しこむうちに曲ってしまったり穴の中でふやけてひろがったりしてしまう。

やむなく藤平は、ファイバーで管を試作させてみた。価格は一本五銭かかったが、遮熱という意味からも水分を吸収しにくいという性格からも好適な素材のように思えた。このファイバー製の管は、実際に使用してみると穿孔された穴にもよくなじんで、結局この管を採用することにきめた。が、その度重なる管の挿入実験中に、藤平は、きわめて効果的な或《あ》る方法を思いついた。

熱しきった岩盤を対象としているだけに、ダイナマイトの装塡時間が短ければ短いほど、自然発火の危険率は少くなる。それまでダイナマイトを詰めこんだ管は、穿孔された深さ一メートルほどの穴に二本または三本ずつ一列に押しこまれているが、それを長く一本に連結させて一度に押しこむことができれば、装塡時間は当然二分の一から三分の一程度まで短縮できるはずだった。

そうした簡単な原理に気づいた藤平は、連結方法についてさまざまな材料を利用して工夫しているうちに、竹を使用することを思いついた。一本のダイナマイトの長さは、三〇センチほどである。かれは縦割りにした一メートルほどの竹を用意し、ダイナマイトを二本または三本ずつ必要量に応じて縦に一列にならべ、両側から二本の割竹ではさみ込んで紐《ひも》でしばり定着させた。そして、うがたれた岩盤の穴にそれをさし込んでみると、穴に多少のゆがみはあっても竹はしなって難なく挿入できる。むろん装塡作業も予期以上に早く終るようだった。

「お前はおかしなことを思いつく奴《やつ》だな」

割竹でつらねられたダイナマイト管を手にして根津は笑っていたが、その顔には満足そうな表情がうかんでいた。

早速ファイバー製の管と割竹が運びこまれ、雑役夫たちの手で奇妙なダイナマイトが作られた。そして、エボナイト管の使用はすべて中止され、その代りに、竹で一列にしばりつけられたダイナマイトが使われるようになった。

この新しいダイナマイトは、火薬係の人夫たちの間に好評だった。かれらは装塡作業中、一刻も早く切端をはなれたがる。かれらの表情には、常に濃いおびえの色がはりつめている。鳥が妙な声で啼《な》いたとか、流星を眼《め》にしたとか、夢見が悪かったなどさまざまな理由でかれらは仕事を休む。

死の危険に絶えずさらされているかれらは、さまざまな戒律を互の間にもうけている。坑道内で口笛をふいたり歌をうたうことがまず禁じられている。山の霊をよびさまし踊り狂わせて、それが落盤となってあらわれるというのだが、高い旋律が岩の節理を刺激し、落盤を誘うという科学的な根拠がないとはいえない。また女の体を連想させる言葉も禁句で、妻が子供を生んだ人夫は、或る一定の期間入坑を遠慮しなければならない。この迷信がかった慣習も、落盤や火薬事故をおそれる人夫たちの切ない願いから発しているのだ。

そんなかれらにとって、危険度の多い火薬装塡作業を手早く終えることのできる割竹で連結されたダイナマイトの使用は、かれらの不安をかなりやわらげるのに効果があったようだった。

「課長さん、あれ調子いいや」

人夫は、藤平に顔を合わせると喜びをかくしきれないように声をかける。

「そうかい、それはよかったな」

藤平は、その度に頬《ほお》をゆるめながらうなずく。

が、かれらが通りすぎると、藤平の胸には人夫たちに対する憐《あわ》れみのようなものが湧《わ》いてくるのを意識する。かれらは、ただあたえられたものを無抵抗に受け入れて、喜んだり不安がったりしているだけである。かれらの生命は、自分たち技術者の一寸《ちょっと》した思いつきや一寸した思いちがいから、死をまぬがれ或《あ》いは迎え入れねばならない。そうした技術者との関係は、かれら人夫たちにもはっきりと意識されているように思えるが、かれらは決して自分たちの主張を打ち出すこともしないし、技術者たちの指示に対して反撥《はんぱつ》する気配もみせない。常に沈黙の中にじっと身をひそませつづけているだけなのである。それは、かれらの習性化した諦《あきら》めからなのだろうか。

甘い感傷はやめろ、と根津は言うにきまっている。たしかに技術者は、或る程度は人夫たちの犠牲を覚悟しなければ工事をすすめることはできまい。そして、人夫たちの人命損失をふせぐ目的も、単に作業の進行に必要なものを失わないためだ、という考え方にまで徹しなければならないのだろう。

藤平の胸に、沈鬱《ちんうつ》な気分がひろがる。それは、かれら人夫たちの素朴《そぼく》な沈黙に対する後暗さに似た感情であった。

渓流が結氷しはじめ、その上にも絶え間なく雪が降りつもるようになった。阿曾原谷宿舎は一階から三階までが鉄筋コンクリート造り、四階から六階までは木造だったが、雪はたちまち二階まで埋めつくした。

前年の越冬にくらべると、宿舎での生活は恵まれていた。医療室には医師や看護婦が常勤し、たとえ重傷者が出ても、軌道トンネルをつたわって宇奈月まで運び下すこともできる。暗い坑道内で寝起きした生活とはちがって、地上の宿舎での生活は空気もよく、晴れた日には窓から陽光を浴びながら渓谷の雪をながめられる。食堂も談話室もそなわっていて、人夫たちの表情には、新宿舎での生活を楽しんでいるような気配すらみえた。

しかし、その頃から技師や人夫たちの中に召集令状をうけて下山する者が増し、また商工省からは、日本の戦力強化のために工事のおくれを一刻も早くとりもどすように、というきびしい内容の指令が頻繁《ひんぱん》に送られてくるようになった。中国大陸での戦火は、北支・中支からさらに南支方面に拡大して、武漢三鎮《ぶかんさんちん》の陥落後広東《カントン》市も日本軍の手中に落ちていた。が、その戦線のひろがりとともにアメリカ・イギリス・フランス等の対日圧迫も強化され、張鼓峰《ちょうこほう》事件以来ソ満国境での緊張は一層のたかまりをみせている。さらにヨーロッパでは、ドイツがオーストリアを併合し、戦争勃発《ぼっぱつ》の危機感が日増しに濃くなっていた。

藤平は、事務所と坑道を往復して作業を督励しつづけた。

十二月二十日、阿曾原谷側工事班は本坑工事を開始してから四五メートル、仙人谷側工事班は三〇メートル掘進し、両班の距離は五四〇メートルにちぢまっていた。が、岩盤温度は、殊《こと》に仙人谷側坑道で上昇がいちじるしく摂氏一三〇度を突破、また阿曾原谷側坑道でも一四〇度台を常時記録するようになっていた。そして熱湯の噴出による火傷《かしょう》事故も何度か起ってその度に作業は中断され、工事の進度も鈍りはじめた。

藤平は、焦躁感《しょうそうかん》にかられながら事務所にこもって、深夜まで本店に送るその年一年間の工事報告書の作成を急いでいた。その末尾にしるされた人命の損失は、顚落《てんらく》事故、火薬事故、熱湯噴出事故、落石事故等合計三十一名で、二年四カ月前の着工以来の死者は、総計八十五名に達していた。

正月休みも間近にせまった十二月二十七日の深夜、佐川組第二工区志合谷で大事故が発生した。

午前二時三十分頃《ごろ》、阿曾原谷横坑内の休憩所で深夜作業の交代のために待機していた坑内夫たちは、坑道の奥の暗がりからよろめいてくる二人の男の姿を認めた。坑内夫たちは、切端附近で熱い温度のために目まいを起した者たちだろうと思ったが、近づくにつれかれらが、志合谷工事現場に所属する技手と人夫であることに気がついた。

二人は走りつづけてきたためか、坑内夫たちの前までくると膝《ひざ》を屈し、意味もわからぬことを喘《あえ》ぐようにわめいている。その異様な気配に、坑内夫たちはかれらを抱きかかえ坑道をぬけて宿舎に運びこんだ。当直の技師が、かれらを事務所に引き入れ水をあたえたりしたが、そのとぎれとぎれの言葉から、志合谷でなにか事故が発生し、電話線も不通になったので通報にやってきたのだということがわかった。

緊急ベルが鳴らされ、たちまち宿舎は騒然となった。根津も藤平も、寝着《ねまき》姿のまま事務所に駈《か》けつけてきた。

当直の技師から説明をきいた根津は、事務所の床に坐《すわ》りこんでいる技手と人夫に事故の内容をききただした。しかし、かれらは、どういうわけかほとんどなにも説明できなかった。

「しっかりするんだ。落着いて話せ」

根津は、若い技手の頭を小突いた。が、技手は、戸惑ったように意味のつかめないことを譫言《うわごと》のようにくり返すだけだった。

そのうちに、志合谷の人夫が数人、喘ぎながら坑道をつたわって姿をあらわした。が、かれらも事故の内容については、初めに走りこんできた技手・人夫と同様、全く説明できなかった。ただわずかに、突然大音響が起って宿舎になにか異変事が起ったらしいということだけがわかっただけだった。

かれらの話だけでは要領を得なかったが、とりあえず志合谷に急行することになってあわただしく救援準備がはじまった。現地は電線もきれて真暗だというので、カンテラや予備の懐中電灯をかき集め、また治療室の医師・看護婦もともなって約百五十名の技師・人夫が、根津を先頭にして坑内に走りこんだ。

一行は、阿曾原谷横坑の突き当りから下流方向にひらかれている軌道トンネルを駈けた。志合谷の近くまでくると、傷ついた者が坑道の所々に坐りこんでいるのが見えてきた。

藤平は、体中の血が一時にひいてゆくのをおぼえながら、根津と前後して駈けつづけた。

志合谷横坑に入ると、坑道内には、青ざめた人夫たちがひしめき合っていた。

「所長の根津だ。班長はどこだ」

根津がどなった。

人夫たちの群れの中から、眼《め》を異様に光らせ別人のように変貌《へんぼう》した志合谷工事班長伊与田忠技師が、よろめきながら出てきた。

「どうした。事故はなんなのだ」

根津が、甲高い声で叫んだ。

「来て下さい」

伊与田は背を向けると、人夫たちの体を押し分けるようにして進んで行く。藤平たちも、その後に従った。

伊与田が、坑口の傍《そば》で足をすくませたように立ちどまった。

「見て下さい、ないんです」

藤平たちは、伊与田の指さす方向に眼を向けた。

「なにがないんだ」

根津が、反射的に叫んだ。

「宿舎です。宿舎がないんです」

伊与田の声は、甲高くふるえていた。

短い叫びが、根津たちの口から一斉《いっせい》にもれた。

藤平は、ハンマーで背中をどやしつけられたような激しい衝撃を感じながら眼をこらした。志合谷宿舎は、坑口の近くに高々とそびえ立っていたはずだ。荒々しいコンクリートの肌《はだ》をむき出しにして、いかつい姿で立っていたのだ。が、雪のちらつく夜空の淡い明るみをすかして見上げても、鉄筋五階建ての角ばった建物の影は見えず、遠く切り立った渓谷《けいこく》の岩壁の輪郭が黒々と迫っているだけであった。

根津も口がきけないのか、眼を大きくみひらいて藤平の顔を見つめている。信じがたいことが起ったのだ。宿舎が消えたというのは、いったいどういうことなのか。藤平は、自分の体がはげしくふるえ出しているのを意識していた。

「落着くんだ、落着くんだ」

根津が、漸《ようや》く口をひらいた。がその言葉はうつろだった。

「宿舎はやられている。たしかにやられている。ところで、中には何人いたんだ」

根津が、伊与田の顔を見つめた。

「坑内で深夜作業をしていたものが約五十名でした。それですから……」

伊与田は、計算するように言葉をとぎらせ、

「百名、百名近くは中にいたはずです」

と言った。

藤平の体に、新たな戦慄《せんりつ》が走った。百名のうち生存者は何名いるだろうか。藤平は、眼を血走らせた伊与田の顔を凝視した。

「いったい、これはどうしたんだ」

根津が、ふるえを帯びた声で言った。

伊与田は、喘《あえ》ぐような口調で説明しはじめた。かれは、一時間ほど前に宿舎からぬけ出ると水路隧道《ずいどう》作業の深夜の見まわりをつづけていた。不意に地鳴りが体を包みこみ、同時に坑道をふるわせる異様な轟音《ごうおん》がつたわってきた。切端での発破《はっぱ》時刻ではない。瞬間、火薬類の暴発事故かとも思ったが、音の質があきらかに火薬の炸裂音《さくれつおん》とちがうように思えたので、宿舎内の事務所に連絡をとってみたがどうしても電話が通じない。かれは、坑内夫たちと坑口にむかって坑道を走ったが、横坑との曲り角にくると風圧が押しよせていて、その中から木片やブリキなどの破片が飛んでくる。負傷した者は、それらの飛散物を受けたのだが、漸く風圧もしずまったので坑口に近づき、外をのぞいてみると宿舎の姿が認められなかったという。

「理由はわかりません。宿舎のあったあたりに行って調べてみようとも思いましたが、外へ出ると危険なような気がして、ここから一歩も出ないようにしているんです」

伊与田の眼には、恐怖の色が濃くにじみ出ていた。

「とりあえず緊急連絡だ。志合谷宿舎倒壊、原因不明、人命の損失多数の見込み。いいな、下流の工事現場へだれか走らせて、電話で宇奈月事務所を叩《たた》き起せ」

根津の指示に、伊与田はうなずくと坑道内へ走りこんで行った。

根津は、技師や人夫頭を集めた。まず負傷者を担架で阿曾原谷に運び、治療を受けさせる。医師が不足なので宇奈月から医師を至急に招き、薬品を運び上げさせる。また志合谷の人夫たちは、虚脱状態で救出作業に参加させるのは無理と思われるので、一部のものをのぞいて阿曾原谷宿舎に収容する。

それらを根津は、技師たちに分担させて指令すると、

「今、何時だ」

と言って、藤平をふり返った。

時計をみると、針は午前三時三十分をさしている。

「三時三十分か、三時三十分か」

根津は、しきりに頭の中に刻みつけるようにくり返しつぶやいていたが、

「夜が明けたら救出作業だ。責任者はお前だ。輔佐《ほさ》に伊与田、いいな」

と、口早に言った。

藤平は、坑外の闇《やみ》を見つめた。わずかに降っている雪の白さが、カンテラの灯《ひ》に淡く浮んでみえる。坑外には、事故があったとは思われない静寂がひろがっている。その底から湧《わ》き上ってくる渓流の音が、かえって静寂を深めていた。

「いったいなにが起ったんだろう」

根津の眼が、藤平の顔に据《す》えられた。

藤平は、膝頭《ひざがしら》がふるえているのを意識しながら首をかしげた。容易に想像されるのは雪崩《なだれ》の襲来だが、そうとは思われない節もある。まず根本的には、宿舎の建設地点は専門家の意見も参考にしたもので、絶対安全と言ってよいはずである。また、たとえ雪崩が起ったとしても、地形的に大規模なものが発生するとは思えず、鉄筋コンクリートの宿舎が崩壊することなど到底考えられない。それに時間的な点でも無理があるようだった。深夜は気温がさがり雪も凍るので、雪崩が起ることはきわめて少い。また突然大音響がとどろいたということも雪崩にしては不自然である。雪崩の落下する音は、決して瞬間的なものではなく、連続的な轟音のようにきこえるはずなのだ。

「火薬じゃないでしょうね」

藤平は、何気なく言った。

根津が、ぎくりとしたように藤平を見た。火薬庫は、宿舎からかなりはなれた特別の坑道内に設けられている。宿舎の倒壊事故が、その火薬庫の自然爆発によるものでないことはあきらかで、藤平が口にした火薬という言葉は、人為的にダイナマイトが宿舎に仕掛けられたことを意味する。しかも、それにはかなり大量のダイナマイトが費されなければならない。

「まさか」

根津は、すぐに言ったが、その顔には深い戸惑いとかすかなおびえの翳《かげ》が漂っていた。

藤平は、口をつぐんだ。おれは気持がすっかり乱れているのだろうか。宿舎の爆破を企《くわだ》てた者があるということを口にするには、なにかはっきりとした根拠がなければならないはずだ。志合谷工事班の内部に不穏な空気があったということは、全くきいていない。

藤平は、妙なことを口にしてしまった自分を恥じた。そして、根津の顔をうかがったが、根津は、こわばらせた顔を坑外の闇に向けているだけであった。

坑道内の休憩所が、仮の事故対策本部にきめられた。連絡がつぎつぎともたらされてくる。佐川組宇奈月事務所では、日本電力事務所、佐川組富山本店及び県警察部にそれぞれ急報、宇奈月日本電力事務所に事務打合わせのため泊っていた天知日本電力工事監督主任も、すでに技師二名とともに夜道を入山するために出発したという。折尾谷工事班から班長以下五十名が駈けつけ、坑内で炊出《たきだ》しもはじまった。

やがて夜空の色が青ずみはじめ、渓谷も白々と明けてきた。

藤平は、根津とともに技師・人夫をつれて坑口から外へ出た。ほの明るい空気の中に、藤平は異様な光景を見て立ちすくんだ。

五階建ての宿舎は、三階以上と思われる部分が完全に消えていて、さらに周囲一帯に大量の雪が山のようにのしかかり、建物の姿はどこにも見えない。

「雪崩だ」

周囲からふるえを帯びたつぶやきがもれた。

「これから前へは出るな」

藤平は、かれらを制止し一人で胸まで没する雪をかき分けながら進むと、裏山のゆるやかな傾斜を見上げた。傾斜の雪は、ほとんどそげ落ちて樹木の幹もあらわになり、再び雪崩の発生する危険はなさそうに思えた。

「危険はないようです。まず雪の下になった二階と一階の発掘にかかります」

藤平は、根津に言うと、

「作業にかかれ」

と、どなった。

人夫たちは、スコップを手に雪の中へ進み出した。かれらの体は、みる間に雪の中へ没してゆく。夜は明けはなたれて、降りつもった雪も白さを増してきた。

坑口から宿舎位置まで雪道が作られはじめた。人夫たちが、直線状につらなってスコップをふるっている。人夫たちの顔には、緊張感がみなぎり、スコップの動きも休みなくつづけられていた。

宿舎位置の後方に、大量の雪崩《なだ》れた雪の堆積《たいせき》ができている。おそらく崩壊した三階以上の建物は、その中にくだけて埋れているにちがいない。

藤平は、根津と坑口の外に立って作業を見まもった。

連絡係の技手が、駈けてきた。

「宇奈月から佐川組の救援隊九十名がすでに出発しました。また県警察でも、現在人夫を狩り集めて救援隊を組織、正午までには出発するそうです」

「よし、医者もできるだけ引っぱってこいと言え。それから行方不明者の確認はどうした、伊与田班長につたえろ」

根津が、苛立《いらだ》った声で命じた。

技手は、また坑道内へ駈けこんだ。

「警察か」

根津が、つぶやいた。

藤平は、自分の背に重いものがのしかかってくるような息苦しさをおぼえた。と同時に、あらためて眼前にくりひろげられている光景が、日本の工事史の上でも稀《まれ》な大事故であるという実感に胸をしめつけられた。事故の責任は、当然根津をはじめ工事指導をしている幹部が負わされるのだ。

伊与田が、坑内から出てきた。

「まとまりました」

伊与田は、小さな手帖《てちょう》を根津に差し出した。その開かれたページには何度も鉛筆で訂正した跡があって、最後に志合谷工事班員百二十四名中行方不明者七十五名という数字が書きこまれていた。

「すると、坑内にいて助かった人数は四十九名というわけだな」

「そうです」

「七十五名の姿が見当らないというのだな」

「そうです」

うなずきつづける伊与田の顔に眼《め》を据《す》えていた藤平は、ふと或《あ》ることに気がついた。伊与田の眼は充血し、顔色も血の気はないが、その顔には無表情に近いうつろな色が漂っている。伊与田は、まだ事故の衝撃からぬけ出ていないのか、まぶしそうに眼を細めて作業をながめているかれの顔には、風景でもながめているような表情しか浮んでいなかった。

「人数はそれでいいとして、行方不明者と生存者の氏名はどうしたんだ。名簿にして早く出せ、わかったな」

伊与田はうなずき、手帖を受け取るとまた坑内に入っていった。

「あいつ、ボーッとしていやがる」

根津が、つぶやいた。

が、午後になって宇奈月からのぼってきた九十名の佐川組救援隊員たちの表情を眼にした時、藤平は、根津をはじめ自分たちも伊与田とそれほど変らない虚脱状態にあることを知らされた。

救援隊の者たちは、坑口から息をあえがせてとび出してきた。

「所長はどこだ」

先頭になって駈《か》けてきたらしい天知が叫んだ。そして、根津と藤平の立っている姿を認めるとよろめくように走り寄り、根津の肩をつかんだ。

「大変なことになってしまったな。犠牲者は何人だ」

「行方不明者が七十五名だ」

「そんなにいるのか」

天知は、悲痛な声をあげ顔をゆがめた。駈けつけてきた技師や人夫たちは眼を血走らせ、スコップを手にして狂ったように雪をすくいはじめている。

藤平は、天知たちの興奮しきった態度に気押されたような戸惑いをおぼえた。たしかに大事故だということはわかっていても、天知たちを狼狽《ろうばい》させているような激しい実感が湧《わ》いてこない。

その戸惑いは、夕方三百名の人夫を引きつれた県警察部の係官たちを迎えた折に、一層救いがたいものとなった。顎紐《あごひも》をかけた係官たちの顔は殺気立ち、人夫たちの顔も興奮で赤らんでいた。

「行方不明者の名簿はどこだ」

「事故原因はなんだ」

「救出作業の見通しは?」

と、かれらは立てつづけに問いかけてくる。

根津がそれについて答えるが、その平静な話しぶりと曖昧《あいまい》な説明に不満らしく、

「なんだきさまら、今までなにをしていた。こんなことをしでかしやがって」

と、係官は叫んだ。

根津は反撥《はんぱつ》しようとしたらしいが、係官の鋭い眼の光に仕方なさそうに口をつぐんでいた。係官たちは、放心したような眼をしている根津たちに激しい苛立《いらだ》ちをおぼえているようだった。

夕闇《ゆうやみ》が落ちて、作業は、翌朝にもち越された。

県警察部の係官たちは、根津、藤平、伊与田、そして日本電力側の責任者として天知を呼ぶと、事情聴取をはじめた。係官たちは、声を荒《あ》らげ、眼に憤りの色をはりつめていた。雪崩《なだれ》は自然現象であるとは言え、実際に災害を蒙《こうむ》り多くの絶望視される行方不明者を出したことは、当然工事監督者側の責任であることはまちがいない。

殊に係官たちを激昂《げっこう》させたのは、行方不明者の数が、その後の調査で大幅に訂正されたことであった。生存者と行方不明者の氏名を確認している間に、行方不明者の数が、初め係官に報告したものよりも九名多い八十四名であることがあきらかになったのだ。

過失をおかした伊与田は、漸《よう》く虚脱状態から脱け出たらしく、口もきけないような

悄然《しょうぜん》とした表情で吐息《といき》をもらしているだけであった。

係官は、志合谷宿舎の建設地点の選定を担当した技師も呼ぶように言った。すぐに技師の青山政五郎と、若い技手の千早俊夫が呼ばれた。

「お前たちか。どういうことから、こんな雪崩に襲われるような物騒な所をえらんだのだ。お前らのおかげで、八十四名もの人間が雪の下に入ってしまっているんだぞ」

係官の怒声に、二人は顔を伏せた。

青山が、建設地点を定めた理由についてとぎれとぎれに話しはじめた。植物生育状況、地形、積雪量、冬期間の風向状態等、専門家の意見や文献を参考にしたことを述べた。

「それで確信を持ったというのか」

青山は、うなずいた。

「それが、なぜ宿舎がやられるようなことになったんだ。なぜこうなったんだよ」

係官が、机をたたいた。

青山も千早も、体をかたくして顔を伏せている。

藤平は、かれらのために弁明してやりたい気持はあったが、口をさしはさむことはできなかった。たとえ事前に丹念な調査をしたとしても、雪崩が襲来した事実があるかぎり、かれらの宿舎建設地点の選定はあやまっていたのだ。うなだれている青山と千早の姿には、責任の重大さに打ちひしがれた痛ましさがにじみ出ている。殊《こと》に千早は、激しい衝撃を受けているらしく全身をふるわせ、歯を小刻みに鳴らしていた。

係官の事情聴取が終ったのは、十一時をまわった頃《ころ》だった。

係官が去ると根津は、

「お前たちだけの責任じゃない。おれが承認して建てさせたんだ。いいな、今度のことはすべておれの責任なんだ」

と、青山と千早の肩を何度もたたいた。

「さ、寝よう。また明日がある」

根津は、坑道内に運びこまれたふとんをひろげた。坑内には、人夫たちがひしめき合ってふとんをかぶって横になっている。

藤平も、根津と並んでふとんにもぐった。関節が一時にはずれたような疲労感が四肢《し》に湧《わ》いてきた。頭が熱をおびて、その日のさまざまな出来事が脈絡もなくつぎつぎと浮んでくる。

ふと、今日口に入れたのは、握り飯一箇だけだということに気がついた。が、空腹感は少しも湧いてこなかった。

翌朝、工事最高責任者として根津・天知、志合谷工事責任者として伊与田、宿舎建設地点選定担当者として青山・千早の五名が志合谷をはなれ、県警察部に連行された。救援対策は本格化して、佐川組では宇奈月事務所に救援本部を設け、富山本店から駈けつけた杉山久常専務が本部長として直接指揮をとることになった。また県警察部でも同じように宇奈月に捜査本部を置き、警察部長が常駐するということがつたえられた。

その日は、正午近くから猛吹雪に見舞われ救出作業も思うようにははかどらず、午後になって中止されることになった。

夕方、宇奈月から連絡のため上ってきた技師の一人が、県内紙を藤平に見せた。事故の記事は社会面のほとんどを埋めるほど大きく扱われ、行方不明者の数が訂正前のものではあったが、その要旨はかなり正確にしるされていた。

見出しには、大きな活字で、

「黒部に大雪崩の惨事

　七十五名生埋め生死不明となる

志合谷の飯場押しつぶさる
　他の四十九名は無事」

と組まれ、記事には、

「歳《とし》の瀬を間近にして、黒部峡奥に大雪崩襲来し、七十五名が生埋めとなり、目下の状況では生死不明の大惨事が勃発《ぼっぱつ》した。二十七日午前二時頃、黒部峡奥志合谷（宇奈月より十三里奥）日電第三期発電所建設工事場へ突然大音響と共に大雪崩襲来して、そこにあった佐川組飯場一棟《ひとむね》を吹き飛ばし、佐川組社員、従業員、人夫百二十四名中七十五名は雪崩の為《ため》生埋めとなり生死不明である。同現地は、目下積雪一丈余で其《その》他四十九名は隧道《ずいどう》工事に作業中であった為、幸にも遭難を免《まぬか》れたものである」

と書かれていた。またその傍《そば》には、

「人夫三百名急行
　菅沢警察部長以下が
　　宇奈月で救援を指揮」

という見出しの下に、

「右惨事の急報に接し、宇奈月より神山巡査部長が人夫三百名を狩り集め、救援隊を組織して直《ただち》に急行、捜査救助に当る一方県警察部からは菅沢警察部長はじめ藤井保安、相川警務、桐井情報各課長が急遽《きゅうきょ》宇奈月に赴き、同署に捜査本部を置いて指揮に当っているが、目下の処《ところ》では、電信、電話不通の為詳細不明である」

という文字も並んでいた。

「宇奈月では大騒ぎです。黒部の奥で工事をやること自体が無茶なんだと言う者が多いそうです」

技師は、気落ちしたように言った。

宇奈月の町の者は、工事の経過に敏感である。黒部渓谷の水力工事は、すべて宇奈月に本部を置き、その工事の結果はまた宇奈月に集められてくる。人身事故が発生すれば、死体は町に下され、遺族は集り、そして焼場は薪《まき》を燃やしつづけるのだ。

宇奈月からは、救出作業の経過の問い合わせがしきりと寄せられてくる。が、二日間吹雪はやまず、その悪条件を押して作業はつづけられているのだが、その成果にはみるべきものはなかった。それでも漸《ようや》く三日目には宿舎の建っていた部分から、鉄筋のむき出しになったコンクリートの壁が掘りあてられた。それは予想とはちがって一階と二階のつなぎ目の部分で、引き裂かれて消えた部分が二階から五階までの建物であることが初めてあきらかになった。

いつの間にか救出作業は、県警察捜査本部から出向いてきている係官が指揮をとるようになって、藤平をはじめ佐川組の技師・人夫は、その指示にしたがって作業をすすめていた。

捜査本部では、二階から五階までの建物は宿舎位置の裏側に倒壊し、堆積《たいせき》している雪崩の雪の中に四散しているという判断をくだしていた。そして、五百名にのぼる人夫を二分して、一階の残骸《ざんがい》にのしかかっている雪の除去と、建物の裏手に堆積された雪の掘り起し作業に全力を注ぐようにと指令していた。

昭和十四年が明けた。

現場ではむろん正月らしい行事もおこなわれず、元旦も早朝から作業がおこなわれた。が、一日の夜から再び吹雪が荒れ狂い、一夜のうちにかなりの積雪をみた。

一月五日、根津たち五人が現場へもどってきた。警察での取調べも一応終ったので、かれらが救出作業に専念できるように一時的に釈放されたのだという。

かれらの顔には一様にやつれの色が濃く、殊《こと》に若い千早は頬骨《ほおぼね》の突き出るほど瘦《や》せこけていた。

「どうでした、警察では」

藤平は、根津の青ざめた顔を不安そうに見つめた。

「芳《かんば》しくない空気だ。工事中止だと息まいていやがる。犠牲者があまり多く出るので、強硬なんだ。中央の本省でどう言おうと、絶対に工事は中止させると言っていたよ」

根津がうつろな表情で言った。

藤平は、根津の眼に光るものを見た。たしかに警察側の判断は当然すぎるほど当然だろう。今度の事故で行方不明になった者はおそらく一人の例外もなく絶望的だろうし、その数を加えると工事着手以来佐川組関係だけでも人夫・ボッカの死者は百七十名に達している。宇奈月の町の者が口にしているように、黒部渓谷《けいこく》は、まだ人間の知識や能力ではおよびもつかない為体《えたい》の知れぬ強大な力をもつ大自然なのだろうか。強引に工事をすすめてきてはみたが、人間の生命は、その力の前にあっけなく次々とすりつぶされてゆく。

しかし根津にしてみれば、自然に屈することは堪《た》えがたい屈辱にちがいない。作業員の死骸が山積しても、かれは、その死骸を踏んまえて隧道《ずいどう》を貫通させるために全力を傾ける人間なのだ。

「救出作業もすすまないらしいな」

根津は、低い声でつぶやくように言うと、肩をすぼめて雪の中を坑口の方へ歩いて行く。その後姿には、別人のような打ちひしがれた侘《わび》しい翳《かげ》がはりついていた。

雪は、依然として絶え間なく降りつづいていたが、一月十日には宿舎一階をおおう雪の除去もほぼ終了して遺体の所在がさぐられた。が、一階は、炊事場、食堂、集会所、倉庫などが設けられているだけで深夜に人のいる可能性はうすく、遺体もその部分からは一体も発見されずに終った。

警察の係官は、その部分の除雪に従事していた人夫たちを、建物の裏の雪の掘り起し作業に参加させた。

しかし、その部分の作業の進度は遅々としていた。雪崩《なだ》れた雪はかなり広範囲にひろがり、しかも雪は深く、人夫の体は首のあたりまで没してしまっている。その上、吹雪が時折襲ってきて、作業はしばしば中断されるのだ。

それでも人夫の数が増した効果は徐々にあらわれた。そして、雪はトタン板ではなれた場所に運ばれ、一月下旬になると漸くその量も目立って減ってきた。

が、その頃《ころ》から警察の係官たちの顔にも藤平たちの顔にも、いぶかしそうな表情が濃くなった。雪崩れた雪の堆積が人夫たちの手でくずされていっても、そこに倒壊しているはずの鉄筋コンクリート宿舎四階分の残骸が少しも姿を現してこないのだ。

作業を指揮する係官の眼に、苛立《いらだ》った光が落着きなく浮ぶようになった。そして、人夫たちを督励して除雪作業を急がせたが雪崩の雪がほとんど除かれても、コンクリートの破片も建物の内部におさまっていたはずの木材やふとんなどもなに一つとして発見されない。むろん遺体の姿も見出《みいだ》すことはできなかった。

藤平たちは、呆気《あっけ》にとられた。五階建の鉄筋コンクリート宿舎は、一階を残しただけで、その内部の人間八十四名とともに完全にその姿を消してしまったのだ。

その経過は、すぐに宇奈月の捜査本部につたえられた。が、本部では一笑に附して、その周囲に積った雪をさらに掘り起して遺体発見に努力するようにと指令してきた。

作業はそのまま続行され、範囲はさらにひろげられてあたり一帯の雪の掘り起しが一斉《いっせい》にはじまった。

が、二月に入っても、雪の中からは建物の残骸らしいものはなに一つ発見されない。作業に従事している人夫たちの顔にもいぶかしむような表情が濃くなり、やがてそれは薄気味悪そうな表情に変っていった。

除雪範囲はさらにひろげられたが、人夫たちの動きには、結果のあらわれない無為な作業に飽いた疲労の色がみえはじめた。かれらは、緩慢な動作で惰性のようにスコップを動かしていた。

二月下旬になると気温のゆるむ日もあって、時折雪崩が近くの谷々で発生した。係官たちの顔にも諦《あきら》めに近い表情があらわれるようになり、県警察の捜査本部でも、融雪期を迎えなければ遺体発見も不可能かも知れぬという意見が出はじめているらしかった。

或《あ》る夜、藤平は突然人の喚《わめ》き声を耳にしてはね起きた。

淡い坑道のカンテラの下で、半身を起している技師の青山が、眼《め》を吊《つ》り上げてなにかしきりに叫び声をあげている。坑道の一隅《いちぐう》に寝ていた技師たちが、起きて青山をとりかこんでいる。根津も天知も起き出してきた。

「ホウだ、ホウだ」

青山は、手にノートのようなものをつかんで譫言《うわごと》のように叫びつづけている。

発狂した、と藤平は思った。事故発生以来、青山と千早の憔悴《しょうすい》ぶりは尋常なものではなかった。くぼんだ眼窩《がんか》の奥に光る眼には落着きなく動揺の色が浮び、坑道の隅《すみ》で膝《ひざ》をかかえて坐《すわ》りながらなにか考えこんでいるかと思うと、人夫たちにまじって一心にスコップで雪を掘り起したりしている。事故の責任の重さに、かれらはすっかり打ちのめされているのだ。

「どうした、青山」

根津が、近寄ると青山の肩を抱いた。

「ホウだ、ホウだ」

青山は、顔をひきつらせて根津の顔を見上げている。その眼には、あやしく乱れた光がはりつめていた。

「ホウがどうした」

根津は、青山の手にしたノートをいぶかしみながら優しい口調で言った。

「ホウですよ、ホウ雪崩《なだれ》ですよ」

青山が、根津にしがみついた。

「ホウ雪崩?」

「そうです、ホウ雪崩です。ホウ雪崩で宿舎が吹きとばされたんです」

根津の眼が、青山の顔に据《す》えられた。

「なんだ、そのホウ雪崩というのは」

根津の声には、いぶかしそうなひびきがあった。

「底《そこ》雪崩とちがって大旋風を巻き起すすごい雪崩です。ここに書いてあるんです」

青山は、つかんでいるノートを荒々しくめくると、根津の前に突き出した。

根津が、黙ってそのページに眼を落した。が、簡単な記述らしく、ノートは天知へ、さらに藤平へと渡されてきた。

そのノートは、青山が宿舎建設地点の選定のために集めた資料ノートの一冊らしく、几帳面《きちょうめん》な青山の性格そのままのこまかい活字のような文字でぎっしりと埋められていた。そのページの終りに近い部分に泡（ホウ）雪崩という一項目がしるされていた。その記述は、笠原喜三郎という工業専門学校の教授が雑誌に発表したものから書きぬいたものらしく、随所に（中略）という文字が挿入《そうにゅう》されていた。

泡雪崩は、異常に発達した雪庇《せっぴ》の傾斜に新雪が降った折に発生するが、一般の底雪崩のように雪塊の落下ではなく、雪崩れる際に、新雪の雪の粒と粒の間の空気を異常なほど圧縮して落下するものである。そして、突然障害物に激突すると、その圧縮された空気が大爆発を起し、爆風は、音速の三倍毎秒一、〇〇〇メートル以上の速さをもつ可能性も生れる……

「そこには書きとめなかったのですが、底雪崩はゴオーッと底にひびくような音がするが、泡雪崩は爆発音のような音を発するのが特徴だ、とも書いてありました。また発生の時刻もさまざまで、普通の底雪崩は気温のゆるんでいる時刻に発生するのに、泡雪崩は気温の低下する暁方《あけがた》にも起る。それも、鳥の羽ばたきや野兎《のうさぎ》の跳躍などささいなことから大崩落が起るのだそうです」

「条件があてはまるじゃないか」

天知が、根津の顔を見つめた。

「第一に音だよ。事故が起きた時、志合谷の坑内では爆発音のような音をきいたと言うじゃないか。それに事故が起ったのは、午前二時だ。深夜に雪崩が起ることなど不思議に思っていたのだが、青山君の話の通りだとすると、泡雪崩の可能性は十分あると思わないか」

「しかし、泡雪崩なんてきいたことがあるか？」

根津が、いぶかしそうに技師たちの顔を見まわした。が、誰《だれ》もそれについて答えるものはいなかった。

「それでは、その笠原という教授に連絡をとってさらに詳しくきいてみよう。なにか手がかりがつかめるかも知れない」

根津の言葉に、天知はうなずいた。技師たちは、青山の傍《そば》をはなれた。

藤平は、ふとんにもぐった。体が冷えきって、しばらくの間歯の鳴る音がとまらなかった。「ホウ」か……藤平は胸の中でつぶやいた。その言葉のひびきには、なにか奇怪な生き物の名称のような不気味さが感じられた。

翌朝、根津は、佐川組富山本店に依頼して笠原教授の居所《いどころ》をさぐってもらい、宇奈月事務所経由で教授に電話連絡をとることができた。笠原の話によると雑誌に寄稿した一文は、スイスの気象学者の発表した雪崩研究の紹介記事で、日本では単純に底雪崩ばかりだとされているが、それ以外に爆風をともなった泡雪崩というものがあって、現実に日本の山岳地帯でも、底雪崩とはあきらかにちがう泡雪崩の発生が時折みられることを指摘したのだという。殊《こと》に国際的な山岳規模をもつ黒部渓谷《けいこく》では、泡雪崩発生の可能性は十分で、その威力も超一級のものとなってあらわれることが予想できる。泡雪崩の爆風は、巨岩、巨木を吹きとばし、オーストリアでは、一村すべてが空中に舞い上げられたという記録すらあるという。

根津は、笠原の話の内容を天知と藤平につたえると、青山もともなって県警察の係官詰所へ出向いて行った。

根津は、泡雪崩の内容と、志合谷事故が泡雪崩と関係があるらしいことを説明し、遺体捜索方法も、その線に沿ってすすめた方が適当ではないかと進言した。

しかし、係官たちは、大した関心をしめさないようにみえた。

「毎秒一、〇〇〇メートル以上の爆風が起るんですよ」

根津が、苛立《いらだ》った口調で言った。

「それがどうしたんだよ」

係官は、薄笑いした。

「大変なエネルギーじゃないですか。大型颱風《たいふう》の風速でさえ毎秒七〇メートルあたりが限度でしょう。その十五倍もの速度をもつ爆風が、どれ程の破壊力をもつか容易に判断できるじゃありませんか」

「夢物語でもきいているような気がするよ。いったいその泡というのは、どこで起ったというんだね。こうして現実に宿舎には雪崩が襲ってきているじゃないか、二カ月近くかかっても、まだ除《の》けることのできない雪がなだれてきているじゃないか。それとも原因は、この雪崩以外にあるとでも言うのかい」

係官は、腹立たしげに言った。

「それでは、宿舎はどこへ行ったんです。あの山からの雪崩なら、宿舎は雪崩の雪の中に発見されるはずですよ」

「だからどうだと言うんだ。本当の原因はな、あんたたちがこんな危険な場所に宿舎を建てたからなんだよ。そうじゃないと言うのかい。捜査本部で判断しているように、今にそこらの雪の中から出てくるとしか考えられないだろう。建物は雪崩に圧されて埋っているんだよ。妙な理窟《りくつ》をこねまわしていないで、そんなひまがあったらスコップでも手にとったらどうなんだい」

係官は、根津たちをにらみ据《す》えた。

根津は、天知たちと詰所の外に出ると、黙って坑道を坑口にむかって歩き出した。

坑外では、人夫たちの除雪作業がつづいている。根津は、眼を細めてまばゆく光る雪のひろがりをながめていた。

「私には、前々から少し解《げ》せないと思っていることがあるのですが……」

藤平が、山の傾斜を見上げながら言った。

「たしかにあの山の雪はなだれて宿舎に落下してきていますが、雪崩とは言ってもそれ程の雪の量とはどうしても思えないのです。それが果してあの鉄筋コンクリートの四階分の建造物を引きむしる力があるのでしょうか」

「それは、おれも考えた。あの建物には雪崩よけの防壁もあったし、建物も特に鞏固《きょうこ》につくってあったはずだ。雪崩のエネルギーはすさまじいものだろうが、あの山の短い傾斜から落ちてきた雪崩のエネルギーだけで建物が引き裂かれるとも思われない。もしかしたら……」

根津は、山の傾斜を見上げた。

「そうです。泡ですよ。泡の爆風が宿舎にぶち当って、そのあおりであの山の雪が雪崩になって落ちてきたんですよ」

藤平が、堪《た》えきれぬように口を動かした。

「そうだ。あの山の雪崩は副産物のようなものだ。泡の爆風が、宿舎を引きむしって吹きとばしたにちがいない。コンクリートの破片も木片も、ふとん一枚発見されないのもそのためだ。泡が、四階分の建物を中身ごとそっくり持っていったのだ」

根津の眼が、藤平の顔に据えられた。

警察の係官が夢物語のようだと蔑《さげす》むように言っていたが、たしかにこれは現実のものとは思われない。しかし、オーストリアで村落が空に舞ったように、宿舎もホウとともに飛散してしまったのかも知れない。

根津たちの間に、沈黙がひろがった。かれらの眼は、探るように渓谷一帯に動いていた。

「おい」

不意に、根津の低い、しかし鋭さをふくんだ声がもれた。

藤平は、ぎくりとしてふり向いた。

「あの山の頂上の樹《き》が、折れていやしないか」

藤平は、うながされるように根津の視線の方向に眼をこらした。下流方向に、雪におおわれた小高い山がみえる。藤平たちの立っている場所からみると七、八〇メートルほどの高みにすぎないが、その頂に一本立っている樹木が、たしかに根津の言う通り中途から折れているようにみえる。

「もしかすると、あそこを泡の爆風が通ったのかも知れない」

根津が、眼を据えたまま言った。

藤平は、自分の口許《くちもと》に苦笑が湧《わ》くのを意識した。現実ばなれのしたことを真剣に考えている自分たちが、滑稽《こっけい》なものに思えてならなくなったのだ。

根津が、近くを歩いていた志合谷工事現場所属の人夫頭を呼びとめた。人夫頭は首をかしげていたが、山の頂の樹木が以前から折れていたかどうかをたずねた。そして、山声をあげて作業をしている人夫たちを呼んだ。

集ってきた人夫たちは山の方向に顔を向けたが、二人の人夫が、その木は黒松で雪の訪れる前には大きく枝葉をひろげていたことを口にした。

「やはり、雪が降ってから折れたわけか。まさかとは思うが、一応しらべるだけはしらべてみようじゃないか。多分別の理由で折れたものだとは思うが……」

天知の顔にも、可笑《おか》しそうな苦笑が浮んでいた。

やがて藤平たちは、スコップをかつぎカンジキをはいて坑口をはなれた。宿舎地点からのゆるい傾斜をくだると雪が急に深くなってカンジキも用には立たず、体が雪の中に没してしまった。かれらは、雪をかき分けながら一列になって、少し迂回《うかい》ぎみに山に近づいて行った。

わずか三〇〇メートルほどの距離でしかなかったが、山のつけ根にたどりつくまでには三十分近くもかかった。かれらは、蛇行《だこう》しながら山の傾斜をのぼった。

漸《ようや》く頂上にたどりついたかれらは、松の幹に眼をこらした。幹の折れ口はまだ真新しく、しかも刃物で切られたような平らな断面をみせていた。

かれらは、思わず顔を見合わせていた。

「これは普通の折れ方じゃないぞ。やはりここを泡の爆風が通ったのじゃないだろうか。もしそうだとすると、この松と宿舎のあった地点を結ぶ北東方向の線上に宿舎はとばされているということになる」

根津は、まだ信じがたい表情で、松に手をおいて宿舎地点を見おろした。

一面の雪の中に、作業をしている人夫たちの姿が点在して見える。

藤平は、宿舎地点の後方に視線をのばした。そこには、雪におおわれた傾斜のするどい山肌《やまはだ》が重なり合って突き立っている。宿舎は、泡にひきむしられて、あの山肌の近くまで吹きとばされてしまっているのだろうか。戦慄《せんりつ》が走った。

「所長さん」

老技手の声が、背後でした。

藤平は、ふり返った。

「ガラスですよ」

技手が、手にしたものを差し出した。

藤平たちは、白い軍手の上にのせられた光るものを見つめた。

「どこにあった」

「ここです」

技手が、足もとを指さした。踏まれた雪の底に、光ったものが数箇突き出ているのが見えた。

藤平は、持っていたスコップでそのあたりを掘ってみた。が、ガラスの破片がさらに三箇出てきただけで、ほかにはなにも掘り出されなかった。

「猟師の一升瓶《びん》のかけらともちがうようだな」

根津は、ガラスの破片を見つめた。

老練な猟師の中には毎冬黒部に分け入るのを常としている者もいて、冬の緊急食糧として、夏の間に一升瓶に詰めた米を要所要所にかくしておく習性がある。かれらは、主として良質な毛皮をもつ小動物を射《う》って歩くのだが、かれらの猟場ははるか下流の地域だといわれているし、技手の発見したガラスの破片も、一升瓶の破片とはあきらかにちがう平らなガラス板の一部のようであった。

「まさか」

根津は、さすがに自分の考えていることに気恥ずかしさをおぼえたらしく、口もとをゆるめた。

藤平も、誘われるように苦笑をもらした。かれは、根津たちの眼《め》に浮ぶ奇妙な笑いをふくんだ光を見つめた。が、そのうちにかれらの口もとにかすかな歪《ゆが》みが浮びはじめるのを眼にし、自分の苦笑も急にひきつれてゆくのを意識した。

根津の顔が徐々にこわばり、その眼からも笑いの色が消えていった。

鉄筋コンクリートの宿舎は、この山の上をかすめて運び去られたのだろうか。ガラスの破片は、宿舎の窓ガラスの一部なのだろうか。

藤平は、後方に視線を向けてみた。黒部の本流は、藤平たちの立っている山のふちに沿って大きく迂回《うかい》し、前方にそびえ立っている奥鐘《おくかね》山の大岩壁の根もとを弧をえがいて流れ下っている。

「逆方向だ、こっちに飛ばされているんだ」

根津が、うわずった声で言った。

双眼鏡が、技手の手から根津に手渡された。根津は、双眼鏡のレンズに眼を押しあてた。

藤平は、根津の横顔を見つめた。が、根津の口からは、なんの言葉も洩《も》れてはこなかった。

「ともかく行ってみよう」

根津が、松の傍《そば》をはなれた。

藤平たちは、山の傾斜をおり、深い積雪の中を一列になって泳ぐように進みつづけた。

渓流《けいりゅう》の音がしてきた。渓流の水面は結氷し、その上に雪が降りつもっているのだが、融《と》けはじめた雪の下から水の音がとどろいてくる。

雪の中から梢《こずえ》だけ突き出した樹林の中をぬけて間もなく、根津の足が不意にとまった。

「見ろ、あれだ」

根津の眼が露出したように大きく見ひらかれ、その右手が、或《あ》る方向を指さしていた。

藤平は、眼を据《す》えた。短い叫び声が、咽喉《のど》の奥からふき出た。膝頭《ひざがしら》が折れて、かれは雪の中に腰を落した。

前方には、雪でおおわれた奥鐘山の気の遠くなるような、高々としかも壮大なひろがりをみせた大岩壁がそびえ立っている。その根元に広い岩棚《いわだな》がある。その上に、異様なものが大きな堆積《たいせき》となってへばりついている。雪におおわれてはいるが、たしかにその乱雑な堆積物は、決して自然物のようには思われない。

藤平は、雪の中を這《は》うように根津の傍に近寄った。技師たちも、恐怖感におそわれたように根津のまわりに身を寄せた。

根津が眼を双眼鏡に押しつけた。藤平は、もどかしそうに双眼鏡を受けとると、レンズの中をのぞき込んだ。ふとんらしいものが見える。太い木材のようなものも突き出ている。その周辺には、砕けたコンクリートの残骸《ざんがい》が重なり合ってひしめいていた。

「発見した。みんな呼んでこい」

根津が、かすれた声で言った。

技師と技手が、よろめきながら雪の中を引き返して行った。

根津が、無言で進み出した。その後から藤平は、天知とともについて行った。

渓流の音が、耳を聾《ろう》するように高まってきた。

藤平は、雪をかき分けて進みながら時折足の動きをとめては岩棚の方をみつめた。近づくにつれてその上に盛り上った堆積物は、宿舎の残骸であることがはっきりとしてきた。それは、切り立った断崖《だんがい》の下に坐礁《ざしょう》した難破船のようにみえた。

漸《ようや》くかれらは、渓流の岸にたどりついた。奥鐘山の岩壁がのしかかるように聳《そび》えている。その岩棚の上には、雪におおわれてよくはわからないが、遺骸らしいものも幾つか眼にすることができた。

藤平たちは、表面の結氷した渓流に足をふみ入れた。が、すでに氷はとけはじめているらしく雪の所々にくぼみができていて、そこから水の飛沫《ひまつ》がのぞいている。対岸までわずか七メートルほどの距離ではあったが、渓流に落ちこむ危険が十分に予想された。

かれらは、無言のまま雪の中に坐《すわ》りこみ、対岸の堆積物をうつろな眼でながめつづけた。

係官や人夫たちが群れをなしてやってきたのは、それから一時間近くたってからであった。

遺体発見の報は、すぐに宇奈月の県警察捜査本部、佐川組救援本部へ連絡された。かれらは遺体発見を喜ぶよりは、宿舎の残骸が思いもかけぬ場所で発見されたことに、恐怖感と大きな驚きを感じているようだった。

事故原因の究明が、捜査本部・日本電力・佐川組合同の調査班の手でおこなわれたが、泡雪崩《ほうなだれ》は、宿舎建設地点の北東七〇〇メートルの峻嶮《しゅんけん》な山の傾斜で発生したと推定された。事故の数日前から大寒波をともなったシベリア高気圧の発達によって猛吹雪がつづき、不安定の極に達した雪庇《せっぴ》が、その一、〇〇〇メートルにもおよぶ急傾斜を大崩落して泡雪崩と化したにちがいなかった。

宿舎は、その風圧の通過線上に位置していて、直線的に北東方向に吹きとばされた。爆風は、宿舎の二階から上部をきれいに引き裂いて、比高七八メートルの山を越え、宿舎地点から五八〇メートルの距離にある奥鐘山の大岩壁にたたきつけている。途中に宿舎の破片らしきものがなにも発見されないところから、宿舎は、そのままの形で深夜の空中を運ばれたと想像された。

宿舎地点のすぐ後方にある山の雪は、根津たちの推測通りこの風圧が通過したあおりで崩落したもので、事故には直接関係のないことも確認された。

遺体の収容がおこなわれることになった。が、気温は日増しにゆるみ、黒部川の水面をおおう雪の穴はさらに多くなって、水の飛沫が至る所で雪を濡《ぬ》らしている。渓流に落ちこめば、融雪水の冷えきった水温に、たちまち心臓麻痺《しんぞうまひ》を起して即死することはあきらかだった。

県警察部の意向で、遺体収容のため対岸へ渡るのは、雪が融けるのを待ってからということになった。そして、こちら側の岸から、対岸の岩棚を常時監視することに決定した。

三月に入ると雪の表面から水蒸気が立ちのぼりはじめ、日に何回となく雪崩の轟音《ごうおん》が渓谷の空気をふるわせるようになった。雪崩による鉄砲水の危険も増してきたので、監視は、岸から一〇〇メートルほどはなれた樹林の中で双眼鏡によっておこなわれるようになった。

藤平と根津は、毎日樹林の中に出掛けていった。残骸をおおう雪も日を追うにしたがって融け、多くのものがレンズの中に拡大してうつし出されてきた。さまざまな姿勢の遺体の姿もはっきりと目にとらえられるようになった。残骸の中央あたりに、万歳でも唱えているように上半身をのぞかせ両手をあげている遺体もある。その顔は正しくこちらに向けられていて、藤平は、その男がまだ生きているような錯覚にさえとらえられた。

融雪が本格化すると、岩棚の上から残骸が渓流にこぼれはじめ、それにつれて遺体も、雪の塊とともに水の中へすべり落ちる。監視する者はその都度いらだったが、雪崩による鉄砲水の頻発《ひんぱつ》を思うと、渓流の傍に近寄ることはためらわれた。

事実、時折渓流の水量が急に減少しはじめたと思う間もなく、すさまじい轟音とともに渓流の水をせきとめていた雪崩の雪や岩石や樹木が、渓谷いっぱいにひろがって流れくだってくる。激突し合う岩石の放つ異臭があたりに満ち、盛り上った奔流は、岩棚の上の残骸や遺体を容赦なく運び去る。監視する者は、ただ痛々しい思いでその光景を見つめているだけであった。

初めての遺体は、将校たちの水死事故のあった小屋平ダムの貯水湖で収容された。岩棚からこぼれ落ちた遺体が、渓流を小屋平まで流れくだったのである。連絡によると、遺体は、雪と冷たい水とに埋れてきたため全く腐敗の気配もなく、青ずんでみえるほど白けていたという。

水蒸気が濃くよどみ、漸く雪崩の危険もうすらいできた。

根津は、長い丸太を人夫たちに背負わせて渓流の岸に運ばせ、それを対岸に渡した。その日から、遺体の収容作業がはじまった。

藤平は、奥鐘山の岩壁に大きな亀裂《きれつ》がおびただしく走っているのをみた。それは、宿舎が途中で分解せずに、大岩壁に激突したことをしめしていた。

遺体の破損程度はさまざまだったが、原型のたもたれているものもかなり多かった。が、気温のゆるみから、どの遺体にも腐爛《ふらん》のきざしが一様に認められた。

第一日目の収容作業で、十八体の遺体がトタン板にのせられて雪の上を志合谷に運ばれた。が、それからは、残骸の中に埋れたものを引き出さねばならないだけに、日を追って収容数も減り、遺体の破損程度も増していった。

県警察捜査本部では、志合谷下流の蜆坂谷《しじみざかだに》、欅平《けやきだいら》、小屋平等の日本電力・大林組の事務所に指令して、流れくだってくる遺体の収容をおこなわせると同時に、ボッカを使って下流から上流へと川筋をたどって探らせた。その結果、十三箇の遺体がかれらの手で拾われた。

遺族たちは、つぎつぎに運びおろされてくる遺体を確認するため宇奈月に集ってきていた。遺体の引きとりは、警察の係官立会いのもとに円滑におこなわれていたが、破損のはなはだしいものや腐爛しているものの確認は困難をきわめた。

遺体はいったん町の寺院に安置され、焼場で焼かれると遺族の手に引き渡されてゆく。事務的な流れにしたがって、遺族たちは、それぞれに白木の箱を胸にして宇奈月をはなれて行った。

八十四名の遺体は、奇蹟《きせき》的にも一体残らず収容された。しかし、その中の六体は遺族たちの大半が去った後も焼かれず、棺に納められたまま宇奈月事務所の内部に放置されていた。それらは、体も圧《お》しつぶされた破損度のはなはだしい遺体ばかりで、遺族たちも確認することができなかったのだ。

棺の中には大量の氷がつめられていたが、死臭が事務所内に強く漂うようになり、やむなくそれらの遺体も荼毘《だび》に附された。結局二組の遺族は、しぶしぶ納得して骨を引きとって町をはなれたが、残った四組の遺族たちは、他人の骨だと言って頑《がん》として受け取ろうとしない。そのため四箇の骨壺《こつつぼ》は、氏名未詳のまま寺にあずけられることになった。

しかし、これら四組の遺族たちは、その後思わぬ不利な立場に立たされることになった。すでに遺体を確認し骨を引きとった八十組の遺族たちには、会社の弔慰金以外に自動的に死者一名に対し、一、〇三〇円の保険金が支給されたが、遺体の引き取りを肯《がえん》じなかった四組の遺族たちには、保険金の支給が三年後に延ばされることになった。つまり死者が遺族に確認されなかったため失踪者《しっそうしゃ》扱いとなり、三年間の猶予《ゆうよ》期間を経て支給するという保険法の条項にふれたのだ。

かれらの狼狽《ろうばい》は大きかった。貧しいかれらは、働き手を失った上に保険金の支給も留保されて気も顚倒《てんとう》してしまった。かれらは、狂ったように寺院にふみ込むと、あずけられていた骨壺を手あたり次第に抱きかかえた。そして、保険金の支給をしきりに懇願したが、すでに手続きはすべて終ってしまっていたため、かれらの願いはなんの効果もなかった。かれらは気落ちした表情で、佐川組・日本電力からおくられた弔慰金だけを手にして宇奈月から去って行った。

その頃《ころ》、県警察部では、日本電力・佐川組の両者をまねいて、事故の事後処理に対する見解をあきらかにした。それは、工事の全面的な中止命令に近いものだった。

「犠牲者をこれ以上出すのは、もうやめなさい」

部長は、ふりしぼるような声でくり返した。

藤平は、頭を垂れてその声をきいていた。根津は仏が出ても遺族のことは決して考えるな、と言ったが、遺体とともに宇奈月に降りてからは、遺体にとりすがって泣き叫ぶ老人や女や子供たちの姿を毎日眼の前で見てすごした。遺族たちの素朴《そぼく》な態度は、かれの胸を深く刺した。かれらは泣き叫ぶだけで、肉親を死に追いやったはずの幹部技師や会社に批判も憤《いきどお》りもぶつけてこようとはしない。藤平たちが、神妙にかれらに慰めの言葉をかけると、かれらは、ただ頭を深々と下げて、くり返し礼を述べるだけなのだ。

死者をこれ以上出すのはやめろ……という警察部長の悲痛な言葉は、そのまま受け入れなければならない常識にちがいない。

これまで苦しんで工事をすすめてきた以上、全工事を完工させたいのは山々である。が、黒部渓谷《けいこく》は、人間が挑《いど》むのは到底不可能な世界なのかも知れない。

黒部の奥で工事をすることが無理だ、と宇奈月の町の者たちは言っているというが、かれらにとっては、欅平附近ですら秘境なのだ。ましてその上流の黒部渓谷は、人間の足をふみ入れることのできない恐るべき魔の谷であることを知っている。その渓谷で、工事をはじめた自分たちは、かれらからみれば狂人としか思えなかったのだろう。

その結果は、多くの死者となってあらわれた。神秘的な黒部渓谷の自然の力の前に屈する人間の敗北の姿として、かれらは恐れおののいてそれらの遺体をながめてきたにちがいない。

工事現場を歩いてきた藤平も、自然の力の底知れぬ恐しさは十分に知りぬいている。自然には、何万年、何億年の歳月の間に形づくられた秩序がある。さまざまに作用する力が互に引き合い押し合いして生れた均衡が、自然の姿を平静なものにみせているのである。土木工事は、どのような形であろうともその均衡をみだすことに変りはない。火薬で隧道《ずいどう》を掘りすすむことは、長い歳月たもたれてきた自然の秩序に人間が強引に挑むことを意味する。

なぜ人間は、多くの犠牲をはらいながらも自然への戦いをつづけるのだろう。たとえば藤平たち隧道工事技術者にしてみれば、水力用隧道をひらき、交通用隧道を貫通させることは、人間社会の進歩のためだという答えが出てくる。が、藤平にとって、そうした理窟《りくつ》はそらぞらしい。かれには、おさえがたい隧道貫通の単純な欲望があるだけである。発破をかけて掘りすすみ、そして貫通させる、そこにかれの喜びがあるだけなのだ。自然の力は、容赦なく多くの犠牲を強《し》いる。が、その力が大きければ大きいほど、かれの欲望もふくれ上り、貫通の歓喜も深い。それは、藤平以外の技術者たちにも、共通した心理にちがいない。

しかし、さすがの藤平も、黒部渓谷の自然の力は、想像もおよばない強大なものであることを知った。それは、人間が挑戦《ちょうせん》することさえ不遜《ふそん》なことに思える。宇奈月の町の者たちが眉《まゆ》をひそめるのはそれを指していうのだろうし、警察部長の言葉もその無謀を責めているからなのだろう。技術者としての欲望のためだけに、強引に人夫たちに犠牲を強いながら工事をすすめてきた自分たちは、世間の眼《め》からみれば冷酷な狂人に近い存在なのだろうか。

根津も顔を伏せ、眼を閉じている。かれにとっても部長の言葉は、胸の奥深くまで痛くしみ入っているにちがいなかった。

県警察部と県庁からは内務省、商工省に事故の内容と工事中止の意向がつたえられたが、その回答はまだもどってこないという。おそらく県側の強硬な意見に判断をくだしかねているのが実情にちがいなかった。

県警察部を出た根津たちは、佐川組本店に集った。日本電力の鳴門工事部長は、東京でひらかれた土木学会で第一工区の隧道工事が話題にのぼり、それが狂人沙汰《ざた》だと非難されたという話をもらした。

さらに杉山専務から佐川組会長佐川嘉兵衛の工事請負辞退の意向も述べられた。地元の人夫を主として雇い入れている経営者として、これ以上死者を出すことは耐えられないにちがいなかった。

かれらは、言葉数も少く互の意見を低い声で交し合うだけだった。すでにかれらには、県警察部の意向にさからう気はなかった。が、ただ工事中止による黒部第三発電所建設工事の崩壊にともなう、経済的な重圧を恐れているのである。黒部渓谷に投入された厖大《ぼうだい》な資金と資材は、放棄されてそのまま朽《く》ちてしまう。宿舎は廃墟《はいきょ》と化し、隧道は廃坑の坑道のように、管理されることもなく自然の落盤でやがては閉ざされてしまうだろう。そして、その後に残されるのは、日本電力の崩壊と、工事請負代金未収による佐川・大林両組の倒産なのである。

藤平は、根津とともに本店を出ると富山市から宇奈月へむかった。根津は、残雪のひろがっている窓外を無言で見つめている。その横顔には、深い疲労の色と急に老《ふ》けこんでしまったような暗い翳《かげ》りがしみついていた。

宇奈月駅の改札口を出ると、根津は思い出したように足をとめた。

「子供の顔でも見てくるかな」

根津の顔には、弱々しい苦笑がただよっていた。

「それはいい、喜びますよ。少し体を休ませられた方がいいです」

藤平は、自分の眼にやわらいだ光がにじみ出るのを意識しながら言った。

根津は、うなずくと歩き出した。藤平は、その侘《わび》しい後姿を眼にするのがためらわれて、背を向けると反対方向にむかって歩き出した。

藤平は、ささやかな商店の建ちならんだ道を通りぬけると宇奈月事務所に立ち寄り、それから黒部鉄道の駅に足を向けた。が、足の動きは重かった。自分にはどこにも身を置く場所がないという思いが、しきりに胸に湧《わ》いてくる。工事が完全に中断されたままの工事現場にもどってみても、自分には何もするべきことはない。工事のおこなわれていない現場は廃墟にひとしく、ただ多くの無気力な眼をした男たちがうろついているだけなのだ。

と言って、宇奈月の町にこのままとどまっている気にもなれなかった。町の中には、遺族たちの泣き声と遺体の腐臭が充満しているように思える。町の者たちの視線にも、工事責任者の一人である自分をなじるような敵意にみちた色が濃く感じられる。

駅に停車している簡易軌道車の箱に身を入れると、藤平は、ひえびえとした木製の台に腰をおろして眼を閉じた。これですべてが終ったのかも知れぬ、という感慨が執拗《しつよう》に湧いてくる。工事に着手してから二年七カ月、工事現場を慌《あわただ》しく動きまわっていた二カ月前までの自分の生活が、はるか遠い日の記憶のように思えてならない。そして、自分の体の中からも、すでに工事を推しすすめる気力が、潮のひくように薄らいでしまっているのを感じないわけにはいかなかった。

欅平に着くと、藤平は、開通されている軌道トンネルをたどった。全工事区の工事中止は確定的で、やがてはこの坑道を技師・人夫たちが手廻《てまわ》りの荷物を背負って引き上げて行く日がやってくるにちがいない。そして、下山すれば、会社の倒産とそれにともなう失職という事実が、かれらを待ちかまえているのだ。

ふと、根津とは決して離れたくはないという思いが、激しい強さで湧いてきた。と同時に、熱いものが胸にこみ上げてきて、坑内に点々とともるカンテラの明りがにじんだ。根津がどこかの土木会社に職を得たなら、自分もその後を追ってその会社に入社させてもらおう。そして、根津のもとでトンネルを掘りつづけてゆくのだ。

藤平は、足もとに眼を落したままゆっくりした足どりで歩きつづけた。

が、阿曾原谷の工事事務所に足をふみ入れた藤平は、自分だけの感傷的な世界にひたっているわけにはいかないことを知らされた。

事務所の椅子《いす》にもたれていた技師や技手が、藤平の姿を眼にすると一斉《いっせい》に席を立ち、かれの傍《そば》に走り寄ってきた。

「現場総引き揚げだという話がありますが、本当なんですか」

技師の一人が、口もとをこわばらせて言った。

「だれがそんなことを言った」

藤平はぎくりとしたが、反射的に自分の口から出た語気の強さに安堵《あんど》をおぼえた。

「宇奈月できいたんです」

「ばかを言うな。そんなことがあるはずがないじゃないか」

藤平は、荒々しい声をあげた。

「工事中止命令が出たんじゃないんですか」

「知らん。そんな通達はなにも受けていないよ」

藤平は、無性に腹が立ち、険しい眼つきで技師たちを見まわした。

技師たちは、口をつぐんだ。が、かれらの顔には依然として不安そうな表情が消えなかった。

白けた沈黙がひろがった。

「いえね、課長。工事は中断したままでなにもすることがないでしょう。それで、いろいろな噂《うわさ》も立つし、みんな心配していたんですよ」

年輩の技師が、藤平の怒りをやわらげるように言った。

藤平は黙ってうなずくと、事務所の奥の出入口から宿舎の中へ入った。これ以上かれらと顔をつき合わせていたくなかったし、自分の沈み勝ちな表情が、かれらに一層不安をあたえることも避けたかった。

部屋に入ると、藤平は、畳の上に寝ころんだ。技師たちを偽ったという苦々しさが、体の中に鉛のような重さで詰めこまれている。かれらが、今後の成行きに不安をいだいているのも無理はない。八十四名という大量の犠牲者を考えれば、工事中止は当然予測されることだし、それが永久的なものとなれば現場総引き揚げとなり、やがてはかれらの失職にまで結びついてゆく。

しかし、実際の推移をかれらに洩《も》らすわけにはいかない。それは、いたずらにかれらの間に混乱をひき起すだけであり、さらにそれが人夫たちの間にも波及して、収拾のつかないものにまで発展してゆくおそれがある。

藤平は、ただ一人孤立している自分を意識しながら、その反面、かれら技師たちを最後まで欺《あざむ》き通してやろうという妙に居直《いなお》った気持も強く湧いてきていた。

かれは、ふとんを引きずり出すと背を曲げて眼を閉じた。冷えきった足をふとんの中ですり合わせながら、いつまでもこの姿勢でじっとしていたいような気分になっていた。

板戸をたたく音に、藤平は眼をさました。脈絡のない夢ばかり見つづけていたように思えたが、内容についてはなんの記憶も残っていない。その癖、まだ夢の中に身を置いているような心もとなさが全身にひろがっている。藤平は、頭をめぐらして窓ガラスの方に眼を向けた。そこには、すでに夜の色が鉱物のようにびっしりとはりついていた。

「誰《だれ》だ」

藤平は、闇《やみ》の中で立ち上ると電燈をともした。

板戸がひらいて、北島という中年の技師と技手の成田が顔を出した。

「入れ」

藤平は、ふとんの上に坐《すわ》って枕《まくら》もとの煙草《たばこ》を手にとった。

「実は、千早のことですが、様子がおかしいので成田が心配しているんです」

北島は正坐《せいざ》すると、分別くさそうな表情で口をひらいた。千早と成田は、同室なのである。

「どういうようにおかしいんだ」

藤平は、成田を一瞥《いちべつ》した。

「飯を三日も食わないんです。体の具合が悪いのかと思いましたらそうでもないんで……。診療室の先生にもみてもらったのですが、口はきかないし」

成田の顔は、青ざめている。

「なにが原因だ。あの事故か」

「そうだと思います。あれから変になって、堪忍《かんにん》してください、堪忍してくださいと言ったり、いやだ、いやだと口走って頭を振りつづけたりして。それが三日前から、部屋の隅《すみ》に膝《ひざ》をかかえて坐りこんで口もきかないし、夜もふとんに入らずそこで坐ったきりになってしまったのです。仕方がないので、まわりからふとんで囲ってやっているんですが……」

「神経がやられているんだろう」

藤平は、素気《そっけ》なく言うと空缶《あきかん》の中で煙草をもみ消した。

「診療室の先生もそう言っています」

成田は睡眠不足らしく、その眼には充血した疲労の色がみえる。

藤平は、事故直後警察に連行された千早が、根津たちともどってきた日のことを思い起した。かれらはすっかりやつれていたが、殊《こと》に千早の変貌《へんぼう》はきわ立っていた。あれ以後、藤平は、遺体収容作業の後始末に没頭して千早のことも忘れていたが、千早が、奥鐘山の岩棚《いわだな》に散乱していた遺体を眼にして受けた衝撃は、藤平にも十分理解できた。

「どうしたものでしょう。飯は食わないし、このままにしておくわけにもいかないと思いますが……」

北島が、不安そうに言った。

「山から下してやれ」

藤平は、窓の方に眼を向けた。

「そんな神経の弱い野郎は、山なんかにいる必要はないんだ。明日にでもだれかついて下してやれ。現場には却《かえ》って足手まといで迷惑だ」

藤平は、荒い語気で言った。自分でも抑えられぬなぜかわからない腹立たしさが湧いてくる。

北島はうなずくと、成田と連れ立って部屋を出て行った。

藤平は、また煙草に手をのばした。技師たちが工事の成行きに不安を訴え、千早が大きな打撃を受けたということはそれぞれ納得できるが、自分の側からみるとそれらはひどく現実とは遊離《ゆうり》した悠長《ゆうちょう》なことのように思える。

警察の係官の一人は、「あんたたちは、人殺しをしたも同然だ」とまで言った。そうした言葉を浴びせられることはまだ堪《た》えられる。しかし、第一工区で大事故が頻発《ひんぱつ》したために、全工区の工事現場総引き揚げとそれにつづく日本電力・佐川組・大林組の解散・倒産という深刻な問題にまで発展するとなれば、それはすべて根津と自分の責任ということにもなるのだ。

藤平は、根津のことを思い浮べた。根津が女と子供の住む家へ行くことを口にしたのは、初めてのことであった。おそらく幼い子供たちは、根津のまわりを嬉々《きき》としてはしゃぎながら飛びまわっているだろうし、根津は、放心した眼でかれらの姿をながめているだろう。

窓の外には、靄《もや》が白っぽく流れている。藤平はうつろな眼で、ガラスの表面の水滴が、時折筋をひいて流れ落ちるのをながめていた。

翌朝、藤平は、技手から起された。

下山させることになった千早が、宿舎の外へ連れ出されたとたん急に走り出して、裏山の傾斜をのぼりはじめたというのである。

藤平は、身支度をととのえると宿舎の外に出た。技師や人夫たちが寄り集って、裏山の方に視線を向けている。

見上げると、たしかに残雪におおわれた山の傾斜に男の姿がみえた。が、それは成田で、そのはるか上方に背を向けて雪の中をのぼっている千早らしい体がみえた。成田は千早の後を追って傾斜をのぼったものらしく、千早を呼ぶ成田の声がかすかにきこえてくる。が、千早は後をふり向きもせず、深い雪の中から上半身だけをのぞかせてのぼりつづけている。

藤平は、苛立《いらだ》ちをおぼえた。千早の行為はむろんのことだが、雪崩《なだれ》の危険のある傾斜を千早の後からのぼってゆく成田の姿が、いたずらな感傷におぼれた稚《おさな》いものに思えた。

「だれか、成田の馬鹿《ばか》を引き返させろ。雪崩にやられたらどうなるんだ」

藤平は、寄り集っている技師たちをどなりつけた。

技師が、数名駈《か》け出した。かれらは、雪に身を埋めて傾斜をのぼりながら、成田の背になにか叫んでいる。成田の顔がふりむくのが見え、そしてその動きがとまった。

藤平は、山の傾斜を見上げた。千早の上半身は、樹幹に見えかくれしながら次第に遠くなってゆく。

右手の谷から靄が湧きはじめた。それが樹幹の間を流れ出し、やがて濃い密度でゆっくりと山の傾斜を流れくだってきた。千早の姿は、たちまち薄れ、いつの間にか靄の中に没していた。

しばらくして傾斜から技師たちとともに下りてきた成田に、藤平は足早に近づくと、思いきりその顔を殴りつけた。自分でもなぜこれほど粗暴になるのかわからないままに、藤平は成田を執拗になぐりつづけた。成田の顔は、鼻と口からふき出た血でたちまち赤く染まった。

藤平は、事務所に技師たちを呼び集めると、荒々しい語気で千早の捜索をかたく禁じた。雪の多量に残る春山に足をふみ入れた千早を待ちかまえているものは、死以外にない。幸い遺体が発見されるとしても、それは完全に雪の融《と》けた二、三カ月後、山歩きをする猟師の眼にでもふれることしか考えられない。

藤平は、千早の失踪《しっそう》を、宇奈月の巡査派出所と家族に事務的に連絡させただけであった。

五

三月十八日、雪崩によるその春最大の鉄砲水が上流で発生し、阿曾原谷は一時的な洪水状態に見舞われた。激流は宿舎の近くまで押し寄せ、一階の炊事場には雪をまじえた水が流れこんだ。

水は間もなくひいて危険は去ったが、その日の午後、志合谷事故の犠牲者全員に天皇陛下から金一封が御下賜《ごかし》されたことを、宇奈月事務所から電話で知らせてきた。

藤平は、すぐ宇奈月までくだったが、迎えた根津もかれも、その一名あたり二十五円の金額については、遺族たちの悲嘆をやわらげるのに効果があるだろうという程度にしか考えなかった。そして、遺族に対する自分たちの責任が、幾分か軽くなったような気持をいだいた。

しかし、その御下賜金の下附決定は、藤平たちの想像もおよばない大きな波紋を周囲にひき起していた。殊《こと》に富山県庁と県警察部の反応は大きかった。

かれらの黒部第三発電所建設計画第一・第二工区に対する工事の全面的な中止の意志はきわめてかたく、それはほとんど確定的なものになっていた。たとえ中央本省から工事再開命令が出されたとしても、かれらは犠牲の大きいことを理由に強硬な反抗をしめすにちがいなかった。かれらは、黒部渓谷《けいこく》の特殊な性格を知りつくしていて、そこで工事のおこなわれることがほとんど不可能であると判断していた。

しかし、御下賜金の下附決定は、かれらの態度をたちまち突きくずしてしまった。

それは、かれらの批判をさしはさむ余地の全くない、おかしがたい絶対的な力をもつ声として受けとられたのだ。

御下賜金の下附には、県側の強い意向をひるがえさせようとする中央本省の政策的な工作もあったのだろうが、そうした事情に気づいてはいても、県も県警察部も御下賜金の対象となるような重要な工事を、自分たちの意志で中止させることは到底許されないことを知っていた。それどころか、たとえ犠牲はどれほど多くとも、積極的に工事続行に協力しなければならない立場にあることをさとったのだ。

またその波紋は、当事者である日本電力・佐川組にもおよんで、御下賜金の下附をそのまま手をこまねいて傍観しているわけにはいかなくなった。そのため日電側では早速緊急会議をひらいて死者一名に対して一、〇〇〇円ずつの特別弔慰金の支払いを決定、また佐川組でも総額一〇、〇〇〇円にのぼる弔慰金を支出して遺族たちに平等に配布することを定めた。

事情はたちまち一変して、工事続行の気配は濃厚になり、三月二十二日には、県・県警察部からそれぞれ独自の立場で日本電力、佐川組に対して「一日も早く完工に努力せられたし」という要旨の通達が発せられた。

日本電力、佐川組の中枢部《ちゅうすう》は湧《わ》き立った。宇奈月事務所で待機していた藤平は、ただちに入山し、根津と天知も夜道を阿曾原谷にのぼって行った。

工事再開指令は、第一・第二工区全工事現場につたえられた。事故発生後、八十五日ぶりであった。

藤平は、根津、天知とともに興奮で眠りにつくことができず、今後の工事の進行方法について討議を交し合った。

まず第一に宿舎の破壊された志合谷工事現場では、現在技師・人夫たちが寝泊りしている横坑内部を大拡張して、本格的な地下宿舎をつくることに決定した。

また工事の進行状態については、志合谷、折尾谷の各工事班の手がけている第二工区の水路トンネル掘鑿《くっさく》工事は、今後なんの支障もなく進められれば、八カ月後の雪の訪れまでには全水路の貫通が予想できた。問題は、むろん高熱の充満する第一工区の軌道トンネル工事であった。仙人谷・阿曾原谷間はすでに二八〇メートルを残すだけで、一日一メートルの割で両側から掘りすすめば百四十日、つまり八月中旬には貫通日を迎えることができる。しかし、軌道トンネルの貫通を待ってからその後に残されている水路トンネルの掘鑿工事に着手したのでは、第一工区の水路・軌道トンネル工事は他工区よりもはるかにおくれ、それが全工区工事の完成期日をさらに遅延させてしまうことになる。

この点については、幸い水路トンネルのルートが軌道トンネルと平行しているので、すでに掘鑿ずみの軌道坑道から水路トンネル位置に横坑をうがち、水路本坑工事も平行的に推しすすめることに決定した。

翌日、水路隧道《ずいどう》工事に着手するため技師、人夫頭、人夫たちの配置転換がおこなわれ、三月二十八日、仙人谷側では水路本坑指定位置に、また阿曾原谷軌道トンネル内では水路本坑地点にむけられる横坑指定位置で、それぞれ第一回の発破が仕掛けられた。そして、横坑の坑道は、二週間後には予定通り水路本坑地点に達し、仙人谷に向けて水路本坑工事が開始された。

四月十日、工事着手以来の犠牲者に対して慰霊祭が各工事現場でおこなわれた。——祭といってもただ黙禱《もくとう》するだけの簡単なものだったが、根津は、技師・人夫たちを前にして自分たちの進めている工事が御下賜金が下附されるような重要な意義をもつ工事であることを力説し、一日も早く完工させることが国家に対する自分たちの義務だと激励した。

藤平は、根津の熱っぽい声を耳にしながら自然と裏山の傾斜を見上げていた。千早の消息は絶たれたままで、おそらくその死体は半永久的に発見されないだろう。大学を了《お》えて入社後二年間に、日電歩道から消えた多くの顚落者《てんらくしゃ》、自然発火事故による散乱死体、そしてさらに志合谷事故で吹きとばされた八十四名にものぼる遺体をたてつづけに見せつけられた千早は、死になじむ猶予《ゆうよ》期間を持つことができなかったのだろう。かれは、志合谷宿舎建設地点選定者の助手として、自分たちのささいな判断のあやまりが大事故と結びついたことに戦慄《せんりつ》したにちがいない。

事故の責任をかれらに負わせることは無理である。泡雪崩《ほうなだれ》の発生ははるかはなれた地点で、たまたまその爆風の通過線上に志合谷宿舎があったというだけのことなのである。

しかし、大岩壁に激突した宿舎の残骸《ざんがい》と多くの遺体を眼にして、その責任のすべてが自分の背に負わされているような意識が、千早の脳組織を乱してしまったにちがいなかった。

千早を追って傾斜をのぼっていった成田の顔には、今でも藤平に殴打《おうだ》された傷痕《きずあと》が妙なむくみになって残っている。同じ年に入社し同じ部屋で起居をともにした親しい千早を失い、その上藤平の思いがけない殴打にあって精神的に大きな痛手も受けたのだろうが、その後の成田には悲しげな表情もなく、藤平にも少しの恨みも残していないらしく、むくんだ顔に微笑を浮べて明るい挨拶《あいさつ》を送ってきたりする。かれの内部には、なにか本質的な変化が起っている。藤平はかれに、隧道工事技術者にふさわしい強靱《きょうじん》な神経が形づくられてきているのを感じていた。

弱い者は去る以外にない……、藤平は、山の傾斜を雪に埋れながら遠くなっていった若い千早の姿を、ひえびえした感情で思い浮べていた。

五月に入ると、渓谷《けいこく》をおおう樹木には鮮かな新緑が出そろい、雪も根雪《ねゆき》を残すだけになった。

藤平は、日電歩道をたどって仙人谷本坑工事を定期的に見まわるようになった。岩盤温度の上昇はやまず、仙人谷坑道でも阿曾原谷坑道と同じように常に摂氏一四〇度を越えた温度を記録、それはさらに上昇の気配をみせていた。

阿曾原谷坑道では坑内の湯も自然に流れくだっていたが、仙人谷側では切端《きりは》附近に湯が集り、排水ポンプで坑外に排出するものの、摂氏四五度程度の湯が絶えず人夫たちの体を腰のあたりまでひたしていた。

人夫たちの顔は、苦痛にゆがんでいた。そして、二十分間の作業を終えて切端からはなれると、坑道をはうようにあがってくるが、その体は、下半身が赤黒く充血し、皮膚はふやけて剝《は》がれやすくなっていた。

「見て見ぬふりをしている以外に方法はありません」

仙人谷側工事班長の沼田は、かれらの姿を盗み見ながら言った。

排水ポンプの増設はむろん考えられたが、坑道内には、放水のための鉄管をはじめ排気管、圧搾《あっさく》空気管などが施設され、それ以上機器類を置くことはできなかった。沼田の言う通り、工事の進行のためには、人夫のことをこれ以上考える余裕はなかった。

五月末日、藤平は、軌道トンネル掘鑿《くっさく》工事の報告をまとめた。三月二十二日工事再開以来仙人谷側では六二メートル掘りすすんで、残された軌道トンネルルートの岩盤は、一六二メートルにまで短縮されていた。

漸《ようや》く貫通の日が近づいたことに、藤平はあらたな感慨をおぼえていた。加瀬組の放棄した阿曾原谷横坑と仙人谷本坑指定位置に、それぞれ第一回の発破がとどろいてから七四二メートルの岩盤を掘鑿してきたことになるが、死者は百七十名をかぞえ四・三メートル強に対して人間一名が消えてしまったことになる。

人柱という言葉が、自然と胸に浮んでくる。難工事が予想される折に、生きた人間を水底に沈め土中に埋めたのは神の心をやわらげるためだというが、自然はそのような形で犠牲を強《し》いるのだろうか。人柱は、事前に神に供えられるが、百七十名の死者は、たとえそれが故意に犠牲として供えられたものではなくとも、残忍な人柱と異なるところはない。

生きて作業をつづけている人夫たちの姿も、決して尋常なものとは思われない。かれらの体は、熱さにおかされて脂肪分が失われ、骨と皮のように痩《や》せきってしまっている。そして、体中いたる所に、懲罰《ちょうばつ》でも受けたように火傷《やけど》の痕《あと》が残されている。連れ立って坑内から出てくるかれらに、藤平は、死の翳《かげ》りを色濃く見出《みいだ》して、思わず顔をそむける。

しかし、順調に掘鑿がすすめば三カ月後には貫通するという想像は、藤平の胸をときめかせた。たとえ人夫たちが亡者《もうじゃ》のように痩せこけてしまっていようとも、かれらを督励して、切端にぽっかりと穴のあくのを眼にしたいという願いが、切なく胸の中にあふれた。

根津をはじめ技師・人夫頭たちの眼に、熱っぽい光がはりつめるようになった。その緊張した空気は人夫たちにもつたわって、かれらの作業も、一段と活気をおびるようになっていた。

六月五日、阿曾原谷側坑道の切端にさし込んだ一五〇度温度計が割れた。岩角にあたって割れたのかも知れぬというので代りの温度計を挿入《そうにゅう》してみたが、それもたちまち砕けた。

藤平は顔色を変えた。ただちに富山市から二〇〇度温度計を数本とり寄せ測定してみると、水銀柱は、呆《あき》れたことに摂氏一六二度まで上昇していた。

「覚悟の上だ。たとえ二〇〇度になろうと三〇〇度になろうと掘りすすむんだ」

　根津は、荒々しい声で叫んだ。

　工事を強引に推しすすめることに、むろん藤平も異存はなかった。人夫たちの体は完全に熱に順応し、坑内の熱さに堪《た》えられなかった者は一人残らず下山してしまっていて、工事現場にはたとえ瘦せきってはいても強健な体をもった人夫たちだけが残されている。日当も普通賃金が一円八〇銭の相場なのに、いつの間にか割増し金が加えられて、一日七円から八円の金額が支払われるようになってきている。かれらは岩盤温度が何度に上昇しようとも、日当さえ増額していけば作業をつづけてくれるにちがいなかった。

　が、その日、ダイナマイトを装塡《そうてん》する火薬係の人夫たちはさすがに切端に近づくことをしぶった。かれらは、一六二度という岩盤の熱さに、再び自然発火事故の起ることをおそれたのだ。人夫頭はかれらをおどしつけ、自らも切端に同行して漸く予定通り発破をしかけることができたが、その報告に藤平は当惑した。

　岩盤温度はさらに上昇することを予想しなければならないが、火薬係の人夫たちが少しでも不安を持つようであれば、それだけ作業進度は低下する。貫通も迫ってきているだけに、かれらの不安感を少しでも多くとり除いて作業を進めなければならなかった。

藤平は、ダイナマイト管の割竹を二本から四本にふやすことを思いついた。ダイナマイトはファイバー製の管にさし込まれ、それを連続させるために割竹二本で両側からはさみ込むようにしてしばりつけてあるが、割竹はむろん岩盤の熱を阻止する役目ももっていて、それをさらに二本ふやして四方から包みこむようにすればそれだけ熱の伝導もふせげるはずであった。

「わかるな、四本だ。これだけでも二倍の安全度が増したといってもいいわけだ」

藤平は、火薬係の人夫頭と人夫たちに四本の割竹をとりつけたダイナマイト装置をしめした。

藤平は、さらにかれらの不安感を薄めさせる方法を種々考えた末、四台の冷凍機に眼《め》をつけた。

冷凍機は、初め冷えきった風を切端にふきつけ、岩盤を冷やすと同時に坑内温度の低下を目論《もくろ》んだのだが、それは失敗に終り、今は送風用の管もプロペラファンも逆に排気のために使われている。冷凍機は、わずかに坑道内の人夫休憩所に冷風を送っているだけで、折角のアンモニア冷凍機もその機能を発揮することなく放置されている。

藤平は、雑役夫に命じて、長さ一メートルほどの細竹を用意し冷凍機の内部にさし入れさせた。六〇トンの製氷能力をもつ冷凍機は、たちまち細竹のまわりに太い棒状の氷をこしらえ上げた。

藤平は、雑役夫にその氷の棒をできるだけ坑道の低い所を通って切端に急いで運ばせ、それをダイナマイト管を装塡《そうてん》するために穿《うが》たれた穴の中にさし込ませた。

穴からは水蒸気がふき出し、アイスキャンディー状の氷もまたたく間にとけたが、その直後に測定してみると、穴の内壁の温度は三〇度近くも低下していた。そして、ダイナマイト装塡所要時間をへた後再び測定してみると、内壁の温度は二〇度回復しているだけで、結局一〇度温度を下げさせていることがわかった。

火薬係の人夫たちが呼ばれ、藤平は、氷の棒をさし入れてみせた。

「どうだ、アイスキャンディーとはうまいことを考えついたろう」

藤平は、笑いながら人夫たちの顔を見まわした。

人夫たちは、咽喉《のど》を鳴らして笑い合った。その笑い声には、漸く恐怖感からのがれ出た安堵《あんど》のひびきが切なくこめられていた。

摂氏一六二度の岩盤温度は二日後には低下したが、それから以後は摂氏一五五度あたりを常に上下するようになった。しかし、それにともなって上昇した坑内温度は、人夫たちの熱に対する忍耐の限界点でもあるようだった。坑内の熱は、丁度顔にあたる部分、坑道の底部から一・六メートル附近で摂氏七〇度近くで、たとえ水を浴びていても全身針で刺されるような熱さにしめつけられ、人夫たちはしゃがみこむようにしてなるべく低い温度にふれようとする。それでも二十分間切端にふみとどまることは、さすがのかれらにも堪えがたいものになってきた。

作業中、倒れる者が稀《まれ》ではなくなった。かれらは、診療室に運ばれ全身を冷水で冷やされたが、手足はかたく硬直して痙攣《けいれん》し、口からは泡《あわ》をふき出していた。そして六月初旬には、意識不明のまま息を吹き返さなかった人夫も出るようになった。その遺体は火照《ほて》ったように赤らみ、徐々に紫色に変色し、屍体《したい》の腐敗は早かった。

こうした人夫たちの肉体的な故障は、放たれる水の温度がたかまってきていることも原因の一つになっていた。雨期を迎えて黒部川は増水していたが、融雪量が少なくなるにつれて水温は上昇し、坑内で放水される水も、人夫たちの高熱にさらされた体を冷やす効果が薄れてきていたのだ。しかし、さすがに水温を低める方法は見つからず、藤平は、ただ手をこまねいてかれらの苦痛にみちた作業をながめている以外に方法はなかった。

仙人谷側の坑道でも事情は同じで、岩盤温度は摂氏一五〇度に上昇し湯の温度もたかまって、倒れる者が続出していた。仙人谷、阿曾原谷の各診療所では、日に百名を越える患者が治療を受けるようになっていた。

六月末日、仙人谷、阿曾原谷両坑道の切端は、九八メートルの岩盤を間にして向い合う形になった。

技師たちの眼には緊張した光が増し、人夫に浴びせかける人夫頭の声も、甲高い怒声に変ってきた。

七月五日、阿曾原谷側坑道の岩盤温度は、工事開始以来の最高温度摂氏一六五度を記録、入坑した人夫がつづけて倒れたので工事を中断、排気に全力を注ぎ、三日後に坑内温度が一〇度近く低下したので漸《ようや》く作業を再開することができた。

その頃《ころ》から技師の大半は、異常な熱さに切端までたどりつくことができなくなっていた。ただ根津と藤平は、水を浴びながら毎日二、三回は切端まで這《は》うようにして坑道をつたわってゆく。そして、切端にたどりつくと、ホースの水を浴び腰をかがめて作業している人夫たちに、

「いいか、熱さが辛《つら》かったら早くトンネルの穴をあけるんだ。貫通したら涼しい空気も入ってくるんだから……」

と、声を荒らげて激励するのが日課になっていた。

坑道が通じ合えば空気の流通が自由になり、充満した熱も坑外へ排出されるはずである。おそらくそれで坑内温度は、二〇度から三〇度低下すると予想されていた。

人夫たちは、根津や藤平の言葉に無言でうなずき、穿孔《せんこう》作業にズリ出し作業に肩を喘《あえ》がせながら働きつづけた。

七月中旬、仙人谷側坑内で二人の死者が出た。発破《はっぱ》が終った後、坑外へ運び出すためズリをスコップでトロッコに積みこんでいた折、突然炸裂音《さくれつおん》が起り、ズリ出し人夫二人が内臓をはみ出させ、他の七名も手足をふきとばされたり顔面に岩粉を食い入らされたりして、一人残らずかなりの傷を負わされたのだ。

根津と藤平は、仙人谷に急行した。調査の結果、ズリの中に埋れていた残りダイが、ズリの中にこもった熱で自然発火したものであることがあきらかになった。

即死した人夫二人の体は、運搬に便利なように手足を強引に折り曲げ大きな袋の中に詰めこまれたが、内臓が露出している上、一時間ほど坑内の熱の中に放置されていたため、すでにひどい腐臭を放っていた。袋は人夫の肩に負わされ、担架にのせられた七名の重傷者とともに日電歩道を阿曾原谷までたどりつき、それからトロッコで軌道トンネルを下って行った。

遺体は、宇奈月で検視された上焼骨されたが、県警察部からは係官の出張も全くなく、宇奈月派出所の警官が簡単な事情聴取をおこなっただけで、工事責任者にもなんの呼出しもおこなわれなかった。

しかし、この残りダイ発火事故は、当然仙人谷工事班だけではなく阿曾原谷工事班のズリ出し人夫たちをもひどくおびえさせ、発破後切端に近づくことを恐れるようになった。

藤平は、発破後二時間たてば危険は全くないことを人夫たちに説いてまわった。

「手ぬるいことを言ってるな。貫通は間近だぞ、尻《しり》をひっぱたいても工事を進めさせろ」

根津は、憤《いきどお》りの表情をあらわにして藤平をどなりつけた。

が、藤平は、独断でズリ出し人夫の入坑は二時間後と定めた。それでもおびえた人夫たちは、切端に近づこうとしない。人夫頭はかれらに怒声を浴びせつづけ、そして人夫頭自身もかれらを追い立てるようにして切端に近づき、人夫たちのズリ出し作業を監督していた。

雨期が去って、渓谷《けいこく》には、岩燕《いわつばめ》が飛び交い、四囲の樹林から湧《わ》く蟬《せみ》の鳴きしきる声が満ちるようになった。

仙人谷工事班でも阿曾原谷工事班でも、坑道内には息苦しい緊張感がただよい、人夫頭の声は一層甲高くなった。人夫たちの顔にも、殺気立った表情が色濃くみなぎっていた。

八月十日、両工事班の切端の距離は、わずかに二九メートルにまで接近した。

その日根津は、両工事班に対して、掘進競争に三万円の懸賞金が用意されていることを発表した。人夫たちは、思いがけぬ多額の懸賞金に呆気《あっけ》にとられていたが、それはたちまち激しい興奮に変った。そして、その懸賞金が、掘進距離でまさり、さらに鑿先《のみさき》貫通を果した側に六〇パーセント配分されることを知ると、かれらの興奮はさらに高まった。

激しい掘進競争が、開始された。岩盤温度は、両班とも摂氏一五四度。岩盤に穿孔《せんこう》作業が終ると、孔に氷の棒がさし込まれるのももどかしいようにダイナマイト管が装《そう》塡《てん》され、導火線に火が点じられてゆく。やがてダイナマイトが炸裂し、一メートル強の深さで岩盤が崩れ落ちると、ズリ出し人夫がトロッコを押して切端に走り寄る。そして、ズリが満載されると、トロッコは、轟々《ごうごう》と車輪の音をひびかせて坑外へと出て行く。

根津も藤平も、日に数回切端に向った。人夫頭たちの荒々しい声と人夫たちの互に掛け合う声が交叉《こうさ》し合って、切端附近には息づまる殺気が充満していた。

根津の眼《め》にも抑えきれぬ興奮がはりつめ、狂ったように作業をつづける人夫たちの動きを、身じろぎもせずに見つめていた。

八月十五日、仙人谷工事班は掘進競争がはじめられて以後六・六メートル、阿曾原谷工事班は六・四メートル掘りすすみ、仙人谷工事班が二〇センチメートル余計に距離をのばしていた。下半身を湯にひたしズリを湯の中からすくって作業をしている仙人谷工事班が、阿曾原谷工事班の掘進距離を上まわっていることは、根津にとっても藤平にとっても予想外の驚きだった。

阿曾原谷側の人夫頭たちの顔色はすっかり変っていた。かれらにとって掘進競争に敗れたならば、懸賞金の問題よりも人夫頭としての自尊心が傷つけられる。長年手がけてきた配下の人夫たちの力が、他《ほか》の組の人夫たちより劣っていることがはっきりとしてしまうのだ。

人夫頭の苛立《いらだ》ちは人夫たちにもつたわって、かれらは、眼を血走らせ岩盤にとり組みつづけた。ズリ出し人夫たちは、残りダイの発火の危険を無視して、発破直後に切端に駈《か》けつけると、熱いズリをトロッコに投げ上げるようになっていた。

八月十六日午後十一時の発破によって阿曾原谷工事班は九・八メートル、仙人谷工事班は九・二メートルと掘進距離は逆転したが、仙人谷側で翌日の午後に予定されている発破がおこなわれれば、再び仙人谷工事班が四〇センチ近く掘進距離を増すはずであった。

阿曾原谷側坑道で、発破後のズリ出し作業が終った時、人夫の一人が突然、

「きこえる、きこえる」

と、叫んだ。

報告を受けた藤平は、根津とともに切端に走った。

切端に、一瞬静寂がひろがった。ホースの水は岩盤に注ぐことを中止され、藤平たちは耳をすました。たしかに岩盤の奥から、かすかに物音がきこえてくる。

「鑿岩機《さくがんき》の音だ」

根津が、つぶやいた。その眼に、光るものが盛り上った。

仙人谷本坑指示点と阿曾原谷横坑で第一回の発破が仕掛けられてから一年四カ月、両谷から闇《やみ》の中を手探りするように掘りすすんできた坑道も、互に物音がきこえるまでに接近したのだ。

「鑿先をとれよ」

中年の人夫頭が、しぼり出すような声を人夫たちに浴びせかけた。その泣き声にも近い声は、岩盤の奥からつたわってくる鑿岩機の音に、はげしい敵意をむき出しにし

ているようにきこえた。

貫通直前の隧道《ずいどう》工事では、両工事班の切端が極度に接近した時、穿孔鑿の尖端《せんたん》が相手側の切端に突き出れば、最後の発破は鑿《のみ》を突き出させた側の権利となるという約束事がある。その「鑿先をとる」ことが人夫頭・人夫たちの最大の悲願なのだ。そのためには、最後の発破の瞬間まで敏速に掘進作業をつづけねばならない。

双方の坑道内に電話がとりつけられ、互に坑内連絡がとれるようになった。仙人谷工事班長沼田からも、阿曾原谷工事班の鑿岩機の音がきこえてくるといううわずった声が流れてきた。

翌十七日、仙人谷側坑道の切端で午後四時の発破が仕掛けられたのにつづいて、一時間後には阿曾原谷側で岩盤がダイナマイトの起爆によって崩れ落ち、両班の切端の距離は六メートル足らずにまで接近した。

しかし、根津、藤平はむろんのこと、両工事班の幹部技師たちは両切端間の距離についてはかたく沈黙を守りつづけていた。設計にもとづく計算によればたしかに六メートル足らずではあっても、実際には多少の食いちがいがあらわれるかも知れない。それに、人夫たちにそのことを洩《も》らしてしまうことは、掘進競争に好ましくない結果をあたえるおそれがある。作業の進行状況からみて到底「鑿先をとる」ことができないと見きわめをつけた工事班では、落胆して意欲を失い、作業を投げ出してしまうことが考えられる。なるべくかれらを盲目状態において、最後の一瞬までその力のすべてをしぼり出させる必要があった。

ただかれらは、岩盤の奥からつたわってくる相手方の鑿岩機の音に切端が接近していることを察知しているらしく、かれらの動きにも一層はげしいものがあらわになってきていた。火薬係の人夫たちは、うがたれた孔《あな》に氷の棒をさし入れることも全くやめてしまっていた。

しかし、人夫たちの熱っぽい表情とは対照的に、坑内作業の指導をする技師たちの顔には、不安そうな重苦しい表情が濃くなっていた。

切端の岩盤には、設計図にもとづく坑道位置をしめす中心線が垂直に朱色のペンキで描かれているが、仙人谷と阿曾原谷横坑から掘りすすんできている坑道は、設計図通り貫通した折には、両切端の中心線が正確に重なり合わねばならない。坑道は、左右上下の食いちがいが全くなく、ぴたりと通じ合わなければ意味がない。鑿先をとることが人夫たちの悲願であるならば、中心線の完全な一致が、技師たちの誇りであり歓《よろこ》びであった。

技師たちは、岩盤の奥からきこえてくる鑿岩機の音に不安そうに耳をかたむけている。正しく前方からきこえているかと思うと、思いがけなく横の方からきこえてくることもある。岩盤に走っている多くの節理《せつり》が物音を屈折させていることを知ってはいるのだが、もしかすると、坑道は、互に食いちがって進んでいるのではないかという不安に襲われることもある。

かれらは夜も眠れず、落着きなく深夜も切端のあたりに集ってきていた。

八月十九日午前九時四十分、仙人谷工事班の切端でダイナマイトの装塡作業が終った。

仙人谷側から、危険だから切端からはなれるように坑内電話を通じて連絡があった。穿孔中の人夫たちは、やむなく切端からはなれた。

ダイナマイトの起爆音は、阿曾原谷側坑道にもつたわってきた。その発破によって、仙人谷工事班の掘進距離は、阿曾原谷工事班の坑道より数十センチ延長したはずであった。

仙人谷側の発破が終ると同時に、待避していた阿曾原谷工事班の穿孔夫たちは、駈け足で切端にとりついた。

最後の瞬間が目前に迫ってきていることを、かれらは気づいていた。今度の発破はかれらの側——阿曾原谷坑道の切端で仕掛けられ、逆に仙人谷工事班の掘進距離より長くなるが、問題は、坑道の貫通する最後の発破をどちら側で仕掛けることができるかという一点にかかっている。鑿の尖端を相手側の切端に突き出して発破の権利を得れば、数十センチの差で掘進競争に勝ちを占めることができる。しかし、仙人谷工事班は発破も終え、阿曾原谷工事班よりも一歩先行している。

四十分後、穿孔作業も終了して、ダイナマイトの装塡がはじまった。

阿曾原谷側の人夫頭から、今度は仙人谷側坑道へ電話がかけられた。

「今から発破をかける。切端から逃げてくれ」

「本当にやるんだろうな」

「当り前だ。ぐずぐずしていると発破でぶっとばすぞ」

人夫頭の声は、敵意をむき出しにしている。

午前十時二十五分、阿曾原谷坑道切端の導火線が一斉《いっせい》に点火され、閃光《せんこう》と同時に一メートル三〇センチの深さで岩盤は崩れ落ちた。

「どうだい、どれ位とれたね」

仙人谷側から、探りを入れるような坑内電話がかかってくる。

「だめだね。二尺もとれたかどうか」

「嘘《うそ》をぬかすな」

苦笑とともに、電話が音をたててきれる。互の作業の進行状況をさぐるために、駈《かけ》引《ひ》きが頻繁《ひんぱん》に交されているのだ。

両班の距離は、その日の両坑道の発破で三メートル強にまで迫った。

貫通も間近になったので、阿曾原谷工事事務所には、日本電力側から鳴門工事部長、佐川組から杉山久常専務が、それぞれ多くの部下を連れてやってきていた。かれらは、作業を視察するため切端に近づこうと試みたが、むろん坑道の途中から中に入ることはできなかった。

「素人《しろうと》に入られちゃ、人夫たちがかっかりしますよ」

根津は、可笑《おか》しそうに笑っていた。

藤平は、頻繁に坑道内へ足をふみ入れていた。あと二発破もあれば、坑道は貫通されるだろう。その瞬間をかれは、自分の眼ではっきりととらえたかった。

切端には、凄絶《せいぜつ》な光景がくりひろげられていた。

残りダイの危険も全く無視したズリ出し人夫たちは、硝煙《しょうえん》の匂《にお》いの濃くただよう空気の中で、岩石をスコップですくい上げてはトロッコに投げ上げている。かれらの眼にはおびえの色は全くなく、苛立った光が落着きなく浮んでいるだけであった。かれらの動きにつれて、「かけ屋」の放つ水は、人夫たちの体にしぶきをあげ、残りダイの自然発火をふせぐために山積されたズリにも間断なく叩《たた》きつけられている。その度に熱しきったズリは、すさまじい音を立てて水をはね返し、水蒸気が喚声をあげるように噴き上っていた。

やがてズリを満載したトロッコが坑口の方向へ突っ走ると、代りに空のトロッコが勢よく切端に近づいてくる。それを待ちかねていたように、人夫たちのスコップはひらめき、岩が音を立ててトロッコの上に投げ入れられる。そして、またたく間にふくれ上ったトロッコは、湯気の中を走り去ってゆく。

交代の合図が人夫頭の口からもれると、新たに切端に入ってきた人夫たちが、スコップを奪いとるようにしてズリの山に刃先を突き立てる。作業を終えた人夫たちは、急に深い疲労感におそわれるのか、別人のように力ない足どりでよろめきながら切端をはなれて行く。かれらの顔は例外なく苦痛にゆがみ、口もとからはだらしなく涎《よだれ》を垂らしていた。

仙人谷側坑道でズリ出し作業が終了したのはその日の午後五時、それを追うように三十分後には阿曾原谷側坑道でもズリが運び出され、鑿岩機が両工事班の切端で重々しいひびきを轟《とどろ》かせて岩粉を飛び散らせた。

一本の孔をうがつのに平均一時間、二台の鑿岩機によって切端にうがたれる二十四本の孔の全穿孔《せんこう》作業の終るのは十二時間を要した。二十分おきにおこなわれる穿孔夫たちの交代も機敏で、鑿岩機を支える二人の人夫たちは手を休めることをしないので、穿孔作業は十時間ほどに短縮されていた。

「鑿先をとれ、いいか、必ずとるんだぞ」

人夫頭は、穿孔夫の耳に口を押しつけて叫びつづける。

作業は、夜に入った。工事事務所には電気が煌々《こうこう》とともり、坑内への出入りも頻繁になった。

事務所へ電話連絡されてくる仙人谷工事班の穿孔作業の進行状況は、阿曾原谷工事班のそれをわずかに上まわっているようだった。湯の量が腹部にまで達して、作業は困難をきわめているが、交代を早めて作業をすすめていると伝えてきていた。

技師たちは、事務所と坑道をあわただしく往《ゆ》き来していた。珍しく月が峰の頂からのぼって、渓谷《けいこく》には一面に霜がおりたように月光がひろがり、樹々《きぎ》のたたずまいがくっきりとした影を落していた。

八月二十日の午前零時が廻《まわ》った。人夫頭や人夫たちには知らされてはいなかったが、設計上の計算では、一発破終れば切端間の距離は一メートル四〇センチの厚さを残すだけとなり、探り鑿《のみ》の尖端《せんたん》は、どちらかの側の切端に突き出されるはずであった。それも、作業の進行状況から察すると、仙人谷工事班の探り鑿の尖端が、阿曾原谷側坑道の切端に突き出される確率が高かった。

事務所内に夜食がくばられたが、藤平は手もつけず、落着かぬように坑道を出入りしていた。

根津は、天知と事務所の椅子《いす》に坐《すわ》りつづけていたが、かれらの眼《め》にも押えがたい不安の色があった。両工事班の坑道が、設計通り一致するかどうか、高熱にあえぎながら進められてきた難工事だけに誤算の生れるおそれも十分あった。

午前六時すぎ、仙人谷工事班から、穿孔作業終了が間近に迫ったことを告げてきた。空には朝の気配がひろがっていたが、深い渓谷には、まだ夜明け前の闇《やみ》が濃くよどんでいた。

阿曾原谷工事班からの連絡もしきりに入ってくる。穿孔作業も急速に進んでいて、仙人谷工事班とのおくれはかなり短縮されているようだった。

午前六時二十五分、仙人谷工事班から、穿孔作業がすべて終了し、これより発破準備に入る旨《むね》の連絡がもたらされた。

藤平は、根津、天知と事務所を出ると、坑道を小走りに急いだ。

六時三十五分、阿曾原谷側切端の穿孔は終ったが、ほとんど同時に坑道電話のベルが鳴って、仙人谷側で発破をかけるから切端を至急はなれるように、と伝えてきた。

阿曾原谷工事班の人夫頭たちの顔色が変った。しかし、発破が仕掛けられる折には敏速に待避せねばならぬという不文律があるので、人夫頭たちは、やむなく人夫たちに切端からはなれるように命じた。

六時三十八分、仙人谷側坑道の切端で芯《しん》ヌキから助《すけ》へとダイナマイトは起爆をつづけ、一メートル五〇センチの深さで切端の岩盤が崩れ落ちた。その直後に仙人谷工事班から、坑道切端の中心線上に二メートルの長さの探り鑿を入れたという連絡があった。穿孔夫たちが、狂ったように爆破されたばかりのズリの山を乗り越えて、鑿を入れたというのだ。

藤平は、根津たちと身じろぎもせず岩盤を見つめていた。設計上の計算では、仙人谷側からさし込まれている探り鑿の尖端《せんたん》は、切端の中心線上に突き出てくれるはずであった。

藤平に、不安がおそってきた。岩盤の内部から湧《わ》いている鑿岩機《さくがんき》の音が、切端の隅《すみ》の方からきこえてくるような気がする。貫通点が一〇センチ以上も狂いが生じたりすれば、坑道はその誤差だけ、側壁や床の岩をけずりとって大修正をほどこさなければならない。それは、坑道の妙なゆがみとなって、後々までも施工した隧道《ずいどう》技術者の消しがたい恥辱となって残ってしまうのだ。

周囲の技師も人夫頭も人夫たちも、口を閉ざして岩盤を見つめている。むろん人夫頭や人夫たちは、鑿の尖端がこちら側の切端までとどかないことを切願している。

息苦しい時間の流れだった。水しぶきを浴びながら、藤平は、胸の動悸《どうき》のたかまりを意識して岩盤を凝視しつづけていた。

藤平は、岩盤の一部がかすかな動きをしめしたように感じた。かれの眼は、その一点に注がれた。錯覚だったのか。が、その部分の岩の細かな粒が、岩の表面をつたわり落ちているように見える。それは、朱色の塗料の引かれた中心線の部分で、岩の粒の落ちる数は、徐々に増してきているように思えた。

藤平は、大きく眼をみひらいた。岩の粒に大きなものも加わってきて、やがてその岩肌《いわはだ》が、かすかに震動しはじめるのを見た。動悸が、音を立ててたかまった。

不意に藤平の眼は、その岩肌に、生き物のように動く光るもののぞくのをとらえた。と同時に、かなり大きな岩片が剝《は》げ落ち、光るものが、一気に岩肌から勢よく突き出た。重々しい鑿岩機の轟《とどろ》きが、坑道一杯にひろがった。

藤平の背骨を熱いものが一瞬つらぬき、それが、咽喉《のど》もとに激しく突き上げてきた。探り鑿の尖端は、きらめくような鋼《はがね》の光をまき散らしながら回転しつづけている。その動きを見つめているうちに、咽喉もとに充満していたものが溢れ出るように、熱い ものとなって頰《ほお》をつたわり流れた。

根津の肩に、手が置かれるのを意識した。顔を向けると、無言でうなずいている根津の、泣き笑いをしているような歪《ゆが》んだ顔があった。その咽喉は嗚咽《おえつ》をこらえているのか、小刻みに動いていた。

人夫頭も人夫たちも、しゃがみ込んで頭を垂れている。鑿先をとられた口惜《くや》しさに打ちひしがれたのか、それとも疲労と熱さで立っていることもできないでいるのか。が、かれらの肩は一様にはげしく波打ち、その体からは嗚咽の声が洩《も》れていた。

貫通祝いは、その日の午後一時におこなわれた。

仙人谷工事班の手で岩盤の中心部にダイナマイトが装塡《そうてん》され、炸裂音《さくれつおん》がとどろいて人が通れるほどの穴があけられた。

藤平には、再び胸にこみ上げるものがあった。加瀬組の後を引きついで岩盤に挑《いど》みはじめてから、すでに一年四カ月が経過している。阿曾原谷横坑工事をふくめて九〇四メートルの隧道工事に、それほど多くの日数を費したことは、藤平自身の経験では今までにないことだった。が、世界でも稀有《けう》な温泉湧出《ゆうしゅつ》地帯に隧道をうがつことができたということは、かれの自尊心を満すのに十分だった。

開かれた穴には清酒が注がれ、仙人谷工事班の者たちと穴を通して杯が交され乾杯した。

測定の結果、坑道の食いちがいは横に一・七センチの誤差だけですんでいることが確認できた。そのことは、根津や藤平にとって貫通の喜びを一層大きなものにさせてくれた。

事務所内で鳴門工事部長、杉山専務をまじえて、あらためて貫通祝いの杯が交された。鳴門は、根津をはじめ工事関係者の努力をたたえ、現在掘進中の水路隧道の貫通に全力をあげてくれるようにと激励した。

貫通後の慣習で、人夫たちには二日間の特別休暇があたえられた。かれらは、宿舎の中で眠りつづけていた。

二日後、技師、人夫たちの配置転換が発表された。人員は二分されて、半ばは水路隧道工事の掘鑿《くっさく》作業に加わり、残りの者は貫通した軌道トンネルの仕上げ工事に従事、作業が終り次第、水路隧道工事班に合流することが定められた。そして、藤平は、全工事の指揮に当ることになった。

軌道トンネルの内部では、その日から仙人谷工事班と阿曾原谷工事班が貫通点を境にして仕上げ工事をはじめた。強引に掘りすすんできた坑道を設計図通りに整えるために、突き出た側壁をけずり、坑道の床の起伏を修正してゆく。根気を要する作業であった。

が、この隧道内で思わぬ支障が起り、両工事班の間に感情的な対立がみられるようになった。

貫通前の予想では、貫通されれば坑道内の熱気の流れはなめらかになって、当然坑内温度も低下すると考えられていた。貫通前の坑道は、丁度袋小路のようになっていて熱気は内部によどみがちであったが、それが坑道が通じ合えば両側の坑口から自然の流れとなって排出され、坑外の冷たい空気も自由に坑内に流れこんでくると予想されていたのだ。しかし、実際には思わぬ結果が生れていた。

たしかに、貫通してから後、坑道内の熱した空気の移動ははっきり認められた。しかし、それは坑口から排出されるよりは、むしろ単に長い坑道内を移動するにすぎないものであった。しかもその移動は、その日の風向きによって、一方の工事班担当の坑道から貫通点を越えて他方の坑道内に流れこんでゆく。その結果、一方ではたしかに坑内温度は低下するが、他方では逆に押し寄せた熱気で坑内へ足をふみ入れることもできなくなってしまうのだ。

温度のさがった坑道では、人夫たちも嬉々《きき》とした表情をみせていたが、上昇した側の人夫たちの表情は苦痛にゆがみ、肩を喘《あえ》がせている。殊《こと》に、阿曾原谷側坑道に熱気が押し寄せる日には、阿曾原谷工事班の人夫たちの間に険悪な空気がひろがった。

貫通後仙人谷側にたまっていた湯は、下り勾配《こうばい》にある阿曾原谷坑道に流れ込むようになっていて、それだけでも人夫の不満は大きかった上に、熱気が押し寄せてきては人夫たちも平静な気持ではいられなくなっていたのだ。それに、激しい掘進競争に敗れたことも感情的な痼《しこ》りとなって残されていて、人夫たちの感情は日増しに悪化していった。

藤平は、坑道内の熱気の移動現象をすぐに理解することができた。貫通前の坑道は、たしかに袋小路のように熱気もよどんでいたが、熱気の移動にはそれはそれなりに秩序正しい流れがあった。坑外から流れこむ空気は、坑道の内部をつたわって切端にまで達すると岩盤の熱にふれて膨脹《ぼうちょう》し、軽くなって浮上すると今度は坑道の上部を逆行してやがて坑口から排出される。つまりそこには、一種の円滑な対流運動がおこなわれていた。

坑道が通じ合ったことは、常識的に考えれば空気の流通をなめらかにするが、同時に熱気の大量移動という結果になってあらわれる。熱気が平等にひろがることはないのだ。

両工事班の間で些細《ささい》なことから大きな争いが生じることも考えられたので、藤平は、思いきって貫通前と同じように坑道を閉ざしてしまうことを決意した。そして、貫通点に板と蓆《むしろ》を使って壁をつくらせ、熱気の移動と湯の流入をふせぐと同時に、両工事班の人夫たちの接触し合う機会を失わせた。

秋の気配が、渓谷《けいこく》にひろがりはじめた。赤蜻蛉《あかとんぼ》がただよい流れ、星の光は一層冴《さ》えを増した。

藤平の仕事は、もっぱら掘進中の水路隧道工事に注がれるようになった。

仙人谷・阿曾原谷間の水路隧道の全長は、七〇四・九六メートル。三月下旬、掘鑿工事が開始されてから仙人谷側で一三〇メートル、阿曾原谷側で一四〇メートルと坑道が掘りすすめられている。隧道内の温度は、全く軌道トンネルの内部と同じ状態で切端の岩盤温度も摂氏一三〇度前後をしめし、掘進するにつれてさらに上昇の気配をみせていた。

坑道内の施設と作業方法は、軌道トンネルの教訓をいかして鉄管の放水装置から水を放ち、坑道の上部に架設された換気管は熱した空気と湯気を吸いこみ、軌道トンネルを経由して竪坑《たてこう》や斜坑の換気孔からさかんに排出されていた。

しかし、熱気と湯気の充満した坑内での作業は、人夫たちを苦しませた。かれらは、なるべく低い温度にふれようと腰をかがめ水を浴びながら作業をつづける。殊に、仙人谷側坑道では、軌道トンネルと同じように坑口から切端にむかって下り勾配《こうばい》になっているので湯は切端附近にたまり、人夫たちは、眼《め》を充血させて作業をつづけていた。

その頃《ころ》、陸軍省から阿部信行陸軍大将が、工事進行状況を視察におとずれ、欅平で全工区の工事責任者をまねき説明をきいた。

すでに軌道トンネル工事は完全に終了して、欅平・仙人谷間の全ルートが開通され、レールの敷設もほとんど終ろうとしている。レールが敷設されれば、ダム構築用資材は、第三工区大林組の掘り上げた一九四・四メートルの竪坑のエレベーターで運び上げられ、そこから五、七三四・七メートルの軌道トンネルを、運搬車でダム構築地点仙人谷まで一気に運ぶことができる。

また水路隧道工事は、第一工区の阿曾原谷・仙人谷間の掘鑿工事がおくれているだけで、大林組第三工区、佐川組第二工区の水路隧道はそれぞれ一、二カ月中に貫通が予定されていた。

阿部は、第一工区の水路隧道工事はいつ頃貫通の見こみかとたずねたが、根津は、来年五月頃を予定していると答えた。さらに、仙人谷でのダム構築工事も来年末ごろまでには完工、黒部第三発電所建設工事も、工事開始後四年四カ月をへて終了されることが確認された。

阿部は、国家非常の時であるから工事に一層の努力を傾注するように、と訓辞して欅平をくだって行った。

国際情勢の息づまるような緊迫感は、黒部渓谷の工事現場にもつたわってきていた。九月一日、欧洲《おうしゅう》ではドイツ軍機動部隊がポーランド国境から一斉《いっせい》になだれ込み、二日後にはイギリス・フランス両国がドイツに対して宣戦を布告、また九月十七日にはソ聯《れん》軍がポーランドに侵入を開始、欧洲全土に戦火がひろがっていた。一方、ソ満国境ではノモンハン事件が日本軍の敗北に終り、第二次世界大戦の危機が急速に熟しはじめていた。

そうした時代的な危機感は技師・人夫の出征という形であらわれて、工事現場では、深刻な人員不足に悩まされるようになっていた。そのため人夫の平均年齢は上昇して、中年以上の者の数が圧倒的に多くなっていた。

紅葉が、阿曾原谷を華やかに染めるようになった。

根津は、積雪期を前に第一・第二工区の四工事現場に建っている宿舎の再検討を命じた。むろん越冬中、雪崩《なだれ》による災害を予防するためのもので、殊に志合谷の宿舎を破壊した泡《ほう》雪崩の発生可能の地点に建てられていることはないかどうかにその焦点がしぼられた。

担当技師たちは、それぞれ四カ所の宿舎に散ったが、その調査は多分に気休めの域を出ないもので、かれらの提出した答えも、おそらく安全だと思われるといった類《たぐ》いのものばかりであった。宿舎建設地点は、すでに建設前に入念な検討がくわえられた上で定められたものであり、各谷で最も安全度の高い地点がえらばれていた。しかし泡雪崩は、どこからともなくやってくる。それを防ぐのには、常識的な知識だけでは到底追いつくことはできないのだ。

泡雪崩の学術的な研究を紹介した笠原教授のその後の話では、志合谷宿舎を襲った泡雪崩は、やはり世界的にも稀《まれ》なほど大規模なもので、たとえ黒部渓谷でも、これほどの泡雪崩はこれからも滅多に発生することはないだろうということだった。

教授の言葉は、根津たちの不安をやわらげてくれた。たしかに鉄筋コンクリートの宿舎を、山を一つ越して五八〇メートルの遠くまで吹きとばしたという雪崩の話など耳にしたこともない。それは、おそらく百年に一度か二百年に一度あるかないかの特殊な現象だったのだろう。

しかし、根津は、大事をとって阿曾原谷、仙人谷の各工事宿舎の補強増設をはかり、とりあえず両宿舎の周囲に二階まで達するような幅一メートルの厚い石づくりの壁をめぐらさせた。また泡雪崩の発生は、気温が極度に低下し猛吹雪に襲われた日に起る確率が高いことに注目して、そのような気象条件が重なった折には危険注意報を出して、宿舎内部の者を坑道内に避難させることなどを定めた。

紅葉が去ると、樹林の葉が一斉に枯れはじめた。

空気は冷えを増して、夜明けには霜が渓谷《けいこく》一帯に降りるようになった。

工事着手以来、三度目の越冬期が近づいてきていた。

六

十一月中旬、第三工区大林組請負いの水路隧道《ずいどう》が、完工期限より一カ月も早く貫通され、それにつづいて十六日午前三時、佐川組第二工区の水路隧道が、折尾谷工事班の手で鑿先《のみさき》貫通された。

この第二工区水路隧道工事は、岩盤温度が阿曾原谷に近づくにつれて急上昇し、最高温度摂氏一四八度にも達した。高熱になれない人夫たちの苦痛は甚《はなは》だしく、熱気にふれて卒倒する者が大半で、工事はしばしば中断された。また、切端《きりは》から熱湯が音をたてて噴出する事故も発生し、このため五名の人夫が死亡していた。

これらの貫通によって、阿曾原谷より下流の水路隧道は全ルート開通され、水路隧道は、第一工区の阿曾原谷・仙人谷間の岩盤を残すのみとなった。

十一月二十日、例年より雪の訪れはおそかったが、仙人谷、阿曾原谷は、初雪にはめずらしいほどの降雪に見舞われた。渓谷は、一夜にして雪におおわれた。

十二月に入ると、すでに全作業を終えた第二工区の志合谷、折尾谷工事班の技師・人夫たちが、第一工区の工事に加わるため軌道トンネル内を大量移動してきた。かれらは二分されて、一部は仙人谷へ、残りは阿曾原谷にそれぞれ配属されて、両谷の宿舎はかれらを迎え入れてふくれ上った。

しかし、それらの人夫たちも、岩盤温度一四八度を記録した第二工区の水路隧道工事に従事した折尾谷工事班の人夫をのぞいては、高い坑内温度にたえきれず、稀《まれ》に勇を鼓《こ》して切端に近づく者も意識を喪失し、直接工事に従事できる者はほとんどいなかった。

やがて、降雪は本格的になって、渓流の水面は結氷して雪が降りつもるようになり、宿舎は二階近くまで雪の中に没するようになった。そして、早くも、各谷々では雪庇《せっぴ》の崩落する音が殷々《いんいん》ととどろいて、坑道内の地盤をふるわせた。

その頃《ころ》になると技師や人夫たちの顔には、志合谷事故の記憶が蘇《よみがえ》るのか、不安そうな表情がかすめ過ぎるようになった。殊《こと》に、志合谷工事現場から移ってきていた人夫たちの眼《め》には、おびえきった光が落着きなく浮ぶようになっていた。それに、六階建の阿曾原谷宿舎が、四階以上すべて木造建築であることも、かれらに一層心許《こころもと》ないものを感じさせているらしかった。

しかし、根津も藤平も、阿曾原谷宿舎は決して雪崩《なだれ》の被害を受けることはないだろう、という確信に近い信念をいだいていた。それは、各宿舎の中で最も理想的ともいえる安全度の高い地点が選ばれていたからであった。

まず第一に、宿舎は左右が岩山にさえぎられていて、その方向から雪崩に襲われることは全く考えられない。また前方も黒部川をへだてて大岩盤がそびえ立っているので、その方向から泡雪崩の爆風を受けるおそれも考えられなかった。ただ障害物もなく開いているのは、宿舎の後にひかえた山の傾斜だけだった。

しかし、この傾斜の植物生育状態は、むしろ根津たちの自信を一層深めさせる原因にもなっていた。その傾斜には、橅《ぶな》の巨木が所せまいまでに密生している。その年輪をしらべてみると、若い樹《き》で三百年、老樹で四百数十年の樹齢を経ていることがはっきりしていた。つまりそれは、三百年以上の間その傾斜地一帯が雪崩の被害も受けず、樹木ものびのびと生育をつづけてきたことを示していた。

むしろ仙人谷宿舎の方が、阿曾原谷宿舎よりも地形的条件は芳《かんば》しくなかった。建物は全階鉄筋コンクリートづくりではあったが、周囲には急な勾配《こうばい》をもつ傾斜地がせまり、防壁に相当したものもみられず、泡雪崩に襲われる可能性が決してないとは言えなかった。

宿舎に詰めこまれた人夫たちの表情には、積雪量が増すにつれておびえの色も濃くなり、夜も眠りにつけない者が多くなった。藤平は、かれらの不安が作業能率に影響することをおそれて、宿舎建設地点に雪崩の襲来は絶対にといっていいほど考えられないこと、志合谷宿舎を吹きとばしたような大規模な泡雪崩は、数百年に一度ぐらいしか発生しないきわめて稀なものであることなどを、人夫頭を通じて人夫たちにつたえさせた。

また万が一の事故の災害を避けるために、気象状況に絶えず注意をはらって、寒波の襲来と吹雪に見舞われた日には、宿舎内の者を坑道内に移させるようにつとめた。

昭和十五年が明け、一月一日から三日間の正月休みが人夫たちにあたえられた。餅《もち》が配られ、一人一日三合ずつの酒も特配された。

かれらの中には、軌道トンネルをつたい欅平からせまい冬期歩道トンネルをたどって山を駈《か》け下って行く者もあった。妻子のもとへ行く者もいたが、女を求めて宇奈月から富山まで足をのばす者の方がはるかに多かった。

休暇の終る日の夕方、かれらは、疲れきった足どりでもどってきた。かれらの眼には、女にふれ酒に酔いしれた気怠《けだる》そうな満足感がただよっていたが、多額の金を使い果したことを後悔しているような表情もよどんでいた。

日本電力の若い社員が、

「なぜあいつらは、こんな危険な仕事から逃げ出そうとしないんでしょう」

と、問いかけてきたことがある。

藤平は、笑っただけで答えなかったが、人夫たちが高熱に喘《あえ》ぎ、死の危険にさらされながらも工事現場からはなれないでいる理由はただ一つ、高い日当にあるのだ。かれらは、普通の作業に従事していたのでは手にする金額も妻子を辛《かろ》うじて食べさせるだけで、衣服まではなかなか手がとどかないことを知っている。むろん貯《たくわ》えなどにも縁がなく、ただ働きつづけて年齢を重ね、やがて年老いて工事現場からも追い立てられることも知っている。

そうしたかれらにとって、第一工区の作業は、妻子に衣服を買いあたえ、少額ながらも貯えをつくる恐らく一生に一度おとずれるかどうかという好機会にちがいなかった。かれらの日当は、普通の坑内夫の四倍は支給されているし、その上工事現場が人里から遠くはなれた所にあることが、自然とかれらの浪費を防ぎそれだけ金を貯える結果をもたらしてくれていたのだ。

しかしかれらが、毎日の生活に十分満足していると思うことには、大きな誤りがある。むしろ、かれらには潜在的なものではあるが、不満、苛立《いらだ》ち、憤《いきどお》り、憎しみなどが例外なく胸の中にひそんでいると思わなければならない。それは、たとえ高額の日当を手にしても、かれら自身がその代償として生命を差し出さねばならないことを知っているからだ。そして、かれらの不満、苛立ち、憤り、憎しみは、死の危険を押しつけがちな技師に、そして会社に向けられるものなのだ。

かれらと直接ふれ合っている技師は、かれらの胸にひそむ感情をむき出しにさせることなく、巧みに作業をつづけさせねばならない。かれらの感情が、いったん爆発したら、第三者にはむろんのことかれら自身にさえ抑制することはできない強烈なものになる。

そうした危うい事態が起るのは、やはり人身事故が発生した折にちがいなかった。かれらのはげしい労働に麻痺《まひ》した頭脳も、死という本能的な恐怖感に刺激されて急に鋭い動きをしめし、そして、かれらの胸の中に眠らされていた感情も頭をもたげてくる。それは、共通の利害関係をもつ人夫たちの間で互に感情を煽《あお》り立て、異常な強さで噴き上る。

藤平は、時折かれらにはげしい恐怖感をおぼえることがある。坑道を歩いている時、肩をかすめて小型のハンマーが落ちてきたり、ノミが頰《ほお》をかすめたりすることを何度か経験している。見上げると、そこには何気ない表情をして作業をつづけている人夫の姿がある。過失かそれとも気づかずにいるのか、と、そのまま通り過ぎるのが常であったが、それが回を追うごとに為体《えたい》の知れぬ恐怖感となって胸をしめつけてくる。

ともかく、これ以上死者を出さずに工事を完成させることだ……藤平は、自分に言いきかせるようにくり返しつぶやく。かれらの本質は、単純で素朴《そぼく》でそして従順だ。それが却《かえ》って不気味だとも言えるのだが、事故のないかぎり、かれらは大人しく眠りつづけてくれるにちがいなかった。

が、一月九日、最も恐れていた予想もつかない事故が、藤平の常駐している阿曾原谷で発生した。

午後二時、藤平は、若い技手の成田に温度計を持たせて、発破を終えたばかりの水路隧道《ずいどう》の切端《きりは》に向って坑道を歩いていた。前日、少量の熱湯噴出があって、藤平は、自分で岩盤温度の測定をおこなってみようと思っていたのだ。

横坑から軌道本坑への角を曲ろうとした時、不意に背中に圧力が加わり体がよろめいた。その直後、坑口の方向から、坑道一杯に異様な轟音《ごうおん》が突き進んでくるのを全身で感じた。藤平は、成田と思わず体を支え合った。

轟音は、坑内に共鳴し合いながら坑道の奥に遠くなると、また逆もどりして突き進んでくる。その坑道の奥から、人の叫び合う声がカンテラの灯《ひ》とともに近づいてきた。

「今の音はなんだね、課長。またやられたんじゃないのかね」

志合谷工事現場にいた人夫頭が、唇《くちびる》をふるわせて言った。

藤平は、体が凍りつくのをおぼえた。泡という為体の知れぬ魔物が、谷を通り過ぎたのだろうか。しかし……、と藤平は錯乱した頭の中で考えた。たとえ泡雪崩の爆風が渓谷《けいこく》を通過しても、おそらく宿舎は被害を受けることはないにちがいない。宿舎は、岩山と大岩盤で三方をかためられ、さらに橅《ぶな》の林が後方から宿舎を守ってくれている。

坑道の曲り角に身をひそめていた藤平は、坑口からの風圧が薄らいだのを見定めて横坑を坑口の方向に走り出した。膝頭《ひざがしら》の関節に力が失われてしまっているのか、藤平は、何度も膝をつきそうになった。

坑口が明るくみえてきた。その空間に白いものが無数に横へ走っているのを眼にした瞬間、藤平は不意に、二時間ほど前に危険注意報を自分の口から発して、宿舎内の者を移動させたことを思い起した。白いものは粉雪で、朝からの吹雪が正午を過ぎる頃《ころ》から猛吹雪に一変し、気温も急激に低下していたのだ。

坑口の近くまで来た時、藤平の膝頭は、力がぬけたようにくずれて体の均衡が失われた。かれは、前にのめり坑道の床に両手をついた。その眼に、切りひろげられた坑道の避難所に二、三百人の男たちの体がひしめいているのが見えた。かれらは、なぜか体をぶつけ合って激しく動いていた。その中から、声らしいものは湧《わ》いていない。

藤平は立ち上ると、かれらの中から技師の顔を見出《みいだ》して近寄った。

「どうした」

藤平は、技師に声をかけた。

技師は、はち切れそうに眼を大きくひらいて、坑口の方を指さした。唇は動いていたが、言葉は流れ出てこなかった。

「火だ」

不意にそんな叫び声が、藤平の耳に突きささってきた。

坑口から、人の群れが、わめきながら駈《か》けこんできた。

たちまち無言でひしめき合っていた避難所の男たちの群れが乱れて、その中から、喚《わめ》き声が大きな塊となって噴き上った。藤平の体は、かれらの激しい動きの中に巻きこまれた。ホースが引き出されてゆく。バケツが転がる。

藤平は、何度か突き倒されながら坑口に近づいた。坑口に近接した宿舎の上方に、火の色がみえた。炎は、激しい風にあおられて布のように音を立ててはためいている。ホースから水が放たれはじめた。が、水の筋も、強風を受けて霧のように散ってゆる。藤平は、走りまわり、叫びつづけた。人夫たちに指示をあたえているのだが、なにを口にしているのか自分にもわからなかった。

眼には、黒々とした異様なものが映っていた。それは逞《たくま》しく、大きく、そして長いものだった。それが、建物の上部に無数に重なり合うように突き刺さり、炎は、その群れの中にもおびただしい蛇《へび》の群れのように這《は》い上ってゆく。たちまち黒々とした逞しいものが火をふき出し、巨大な炎の棒と化した。

人夫たちが、バケツを手に建物の中へ駈けこんで行く。ホースの数も増して、水の筋がいたる所から放たれ出した。

藤平の関心は、炎のひろがりを食いとめることのみに集中されていた。

どれ程の時間が経《た》ったのか、藤平にはわからなかった。かれは走りまわり、叫び、バケツの水を叩《たた》きつけた。

いつの間にか炎の色が勢を弱め、やがて眼の前から消えた。あたりには、濡《ぬ》れたホースが交叉《こうさ》し合い、バケツが無数にころがっている。その中で肩を喘《あえ》がせた人夫たちが、放心したように立ちつくしていた。

人夫頭が近づくと口を動かし、上方を指さした。

藤平は顔を上げ、うなずいた。が、黒くすすけた無数の巨大なものがなにを意味するのか、かれには理解することができなかった。周囲には、いつの間にか動きの機敏な人の数が増していた。その中から走り寄ってきた根津と天知の姿を眼《め》にした時、漸《ようや》く藤平は、かれら二人がダム構築の打合わせのため昨夜から泊りがけで仙人谷工事現場に赴いていたことに気づいた。

「どうしたんだ」

青ざめた根津の食い入るような視線に、藤平はかすれきった声で、

「あれです」

と、上方に指を向けた。が、藤平の眼には、ただ虚《うつ》ろな光しか湧《わ》いていなかった。

夜になると、宇奈月から佐川組・日本電力の救援隊三百四十名、県警察部から三十名の署員が欅平に到着、翌早朝、阿曾原谷へ向け出発するという連絡が入ってきた。

根津を中心に、仙人谷工事班員の手で事故現場の整理が夜を徹してつづけられた。

焼失したのは、六階建の阿曾原谷宿舎の四階以上の木造建築の部分であった。

建物の焼失部分に重なり合っているものは、おびただしい巨木の群れであるらしいことがわかってきたが、それがなにを意味するものなのか、事故原因の究明については、翌朝、明るくなってからおこなわれることになった。

人員の氏名確認がはじめられた。事故発生時に宿舎内に身を置いていたのは、夜間作業に当てられていたものばかりで、正午すぎ藤平の発令した危険注意報で坑道内の避難所にその三分の二以上が移っていることがあきらかになった。轟音《ごうおん》がした直後に坑道内へ逃げこんできた者もかなりいて、結局姿を見せないのは二十八名の人夫たちで、しかもそれら行方不明者は、一人残らず四階以上六階までの木造建築の部分に寝起きしていたものばかりであることが確認された。

夜が、明けた。

宇奈月からの救援隊四百名近くが到着し、本格的な遺体収容作業がはじまると同時に、県警察部員を中心に根津、天知、藤平たちは事故原因の究明に手をつけた。

かれらは、四階の焼失部分に足をふみ入れたが、眼の前にひろがった異様な光景を眼にして立ちすくんでしまった。どの部屋にも廊下にも上方からほとんど垂直に、太い樹木が体を寄せ合うようにして刺し貫いている。それらは焼けて炭のようになってはいたが、あきらかに太い樹木の群れであることがわかった。

窓から顔を突き出していた技師の一人が、短い叫び声をあげた。根津たちは、窓際《まどぎわ》に走り寄った。

藤平は、裏山の傾斜を見上げた。かれの口からも、意味のない叫びがもれた。密生した橅《ぶな》の林に異常が起っていた。あたかもその部分が人為的に伐《き》りひらかれたように、頂から傾斜の下まで七、八〇メートルの幅で樹木の姿が消えている。

その光景が、なにを意味しているのかはあきらかだった。泡雪崩《ほうなだれ》の爆風が、橅の林の中を通り過ぎたのだ。それは、頂の方向からやってきて巨大な橅の群れを鋭い刃先で切断し、橅は、大勢の射手が一斉《いっせい》に放った矢の群れのように空中に舞い上り、宿舎目がけて突き刺さってきたにちがいなかった。

木造の建築物は圧《お》しつぶされ、それが各部屋に備えつけられた火鉢《ひばち》の火で火災をひき起したものだと断定された。

遺体の収容作業は、順調にすすめられていた。遺体は各階にちらばっていたが、やはり火から逃れようとしたものが多く、四階の焼失部分からその大半が発見された。それらは例外なく焼けただれていたが、橅の巨木に圧しつぶされたものもかなりまじっていた。

遺体は、トタン板にのせられ、建物の内部から坑道内の避難所に運ばれた。しかし、遺体の氏名確認は困難をきわめ、まず生焼けになっている焼死体から並べられ、親しい人夫たちの証言を得て、行方不明者の名簿から一体ずつその氏名が消されていった。が、氏名の確認できたものは十一体だけで、残されたものは炭状に化した体と、圧しつぶされて離ればなれにされた体だけであった。殊《こと》に、四箇《こ》の焼死体は完全に焼けて骨ばかりになっていて、その体つきから氏名を推しはかることは到底不可能だった。

散乱した体は、大凡《おおよそ》の見当をつけて所々に寄せ集められてはいたが、それも数をそろえるために集められただけのことで、むろん誰《だれ》のものであるか察しもつかなかった。

遺体の確認方法がつかめないので、県警察部の係官の意向で、遺族を宇奈月から呼び寄せることになった。

根津は、遺族に遺体を見せるためには凡《およ》その見当をつけておく必要にせまられて、遺体を発見した場所からその氏名を推測して名札をつけさせていった。しかし、かれらが火に追われて宿舎内を逃げまどったことを思うと、その方法も正確さからは程遠いものであった。

遺族の群れは、夕方警察官につきそわれてやってきた。泣きわめく声が、坑道に満ちた。

当然かれらの間に、遺体引き取りについて混乱が起ることが予想された。かれらの眼にも、むろん炭化したものが自分たちの肉親であることはわかりようがなかった。

しかし、意外にもかれらの遺体引き取りは、円滑にすすめられた。かれらは、それぞれ名札のつけられた遺体をそのまま認め、遺体の詰めこまれた袋を背負う人夫たちの後から、つぎつぎと坑道を去って行った。

かれら遺族が、遺体を素直に引き取ったのは、おそらく志合谷事故で遺体の引き取りをこばんだ遺族が保険金の支払いを遅らされたことを知っていたからにちがいなかった。そしてさらに、炭化した遺体を目にしたかれらは、その無慙《むざん》な形態から引き取りをこばむなんの手がかりもつかめず、むしろそこに置かれた名札の氏名が、唯一《ゆいいつ》のより所のように思えたのかも知れなかった。

吹雪はやんで、その夜は、一面の星空になった。

県警察部の係官の調査では、山の傾斜から舞い上った橅の巨木は、推定三百本で宿舎から渓谷《けいこく》一帯に散乱していた。

宿舎に突き刺さっている橅は、すべて根が上方になっていることからも一旦《いったん》舞い上ってから逆さまになり、梢《こずえ》の部分から落下したと想像された。落下した橅は、平均して直径七〇センチ、長さは二〇メートルで、ほとんどが六階から五階を貫き鉄筋コンクリートの床にまで及んでいた。

根津と藤平は、坑道内で県警察部の係官から事情聴取を受けたが、それは簡単な調書にまとめられただけで、係官たちは報告書を手に、三日後には現場からはなれて行った。

富山日報では、

「宇奈月から七里奥、

一昨年の惨事の志合谷から一里奥で、又此《こ》の惨事」

「旋風、雪崩、火事で二十八名遭難佐川組事務所と六階建宿舎吹飛び二十八名が行方不明」

という見出しで、

「九日午後二時頃《ごろ》、黒部奥日電第三期阿曾原谷発電工事場に旋風による雪崩襲来し、佐川組事務所及び合宿所の鉄筋コンクリート六階建のものが三階以上崩壊した。同時に宿舎は火災により全焼した。

同宿舎には、人夫事務員等五百名が冬営していたもので、九日午後五時現在判明せるは、行方不明者二十八名で惨事発生と同時に三日市署全署員及び日電宇奈月出張所、佐川組から約三百人の人夫が救援に急行した」

と、幾分不正確な記事が報道されていた。

また矢野県知事の「日電よりの報告によると、昨日（九日）猛吹雪となったので合宿所にいた従業員などに午前十二時一斉に隧道《ずいどう》内に立退《たちの》くように命令した。その結果大部分は隧道内に避難したので、夜勤組などの避難し遅れた者二十数名が遂《つい》に遭難したということで……」

という談話ものせられていた。

藤平は、宇奈月をはじめ富山県下の住民たちのきびしい批判が再燃していることを、その記事から感じとった。そして、県・県警察部の内部に新たに工事中止の強い意見が沸騰《ふっとう》しているにちがいないと思った。

「これ以上、死人を出すのはやめなさい」という警察部長の悲痛な声も、生々しく蘇《よみがえ》ってくる。

藤平は、あらためて阿曾原谷の渓谷を見つめた。雪におおわれた岩壁に、所々凍りついた小さな滝が水晶のように光って垂れている。樹林はほとんど雪に埋れ、峰々には雪庇《せっぴ》がおびやかすようにせり出している。半焼した建物の上部にも雪が厚く積り、それが風にあおられて雪の飛沫《ひまつ》となって散っている。

この渓谷は、人の住みつくことを頑強《がんきょう》に拒否している。はげしい造山運動をくり返す黒部渓谷は、思うままに雪崩を起し崖《がけ》くずれを発生させて、人の近づくことを許さないのだろう。藤平は、自然の力の前に自分の体が萎縮《いしゅく》してゆくのを感じ、県・県警察部から当然きびしい指令がくだることを覚悟した。

しかし、十日たち二十日たっても、宇奈月からはなんの連絡もなかった。

根津は、強気だった。御下賜金《ごかし》が下附されるような工事に、県側でとやかく意見をさしはさむことは断じてないと信じこんでいるようだった。そして、なんの連絡もないことを、工事続行に異論なしという監督官庁の意向と判断して、二月初旬に仙人谷工事班は全力をあげて水路隧道掘鑿《くっさく》工事を再開、また阿曾原谷工事班は、態勢建て直しをすみやかに終えて水路隧道工事を開始するようにと指令した。

阿曾原谷宿舎は、三階以下は焼失をまぬかれて使用可能だったが、藤平は、思いきって放棄することにきめた。たとえ使用するようにに指示しても、おびえきった人夫たちが宿舎に入るとは思えなかった。

藤平は、雪崩からの被害を避けるため、坑道内の避難所をさらに拡張して仮の宿舎にあてさせ、そこでも収容できない者は、坑道の中でごろ寝をさせることにさだめた。そして、坑内宿舎の施設作業が終ると、再び水路隧道工事がはじめられた。

坑道内の仮宿舎の生活は、人いきれと乱雑さにみちたもので臭気が充満していたが、雪崩の危険が全くないことと平均摂氏三二度という坑内温度が、かれらを満足させているようだった。夜、横になっても、掛ぶとんをかける必要などない。それどころか、半裸になって寝ている者の方がはるかに多かった。

しかし、そうした生活もわずかな間のことで、やがて坑道内には大量の虱《しらみ》が湧《わ》くようになった。真夏に近い温かさに加えて、坑内の高い温度が虱の大繁殖をうながしたのだ。

ふとんの布地や衣服の縫い目に、薄白い半透明な粒状の卵がすき間なく列をなしてつづいている。そして、血を吸った薄桃色の成虫が、布の裏側に脚を小刻みにうごかして物憂《ものう》げに這《は》いまわっていた。

技師や人夫たちには、虱とりが日課になった。

藤平は、時折衣服を集めふとん地をはがさせて、坑道の奥に湧く熱湯に漬《つ》けさせた。その効果はたしかにあって、二、三日は虱の姿も消えたが、五日もたつと再び虱はどこからともなく湧いてきて、新しい卵をびっしりと生みつけた。

三月に入ると雪もゆるみはじめて、毎日のように雪崩の音が、坑内にも轟《とどろ》いてくるようになった。

その頃から藤平は、夜になってもなかなか寝つかれぬことが多くなった。自分でもよくはわからないのだが、人夫たちの間に、今までとは異なった気配がひそかにひろがってきているように思えてならないのだ。それはかなり前から徐々にきざし、阿曾原谷事故以後、急に或《あ》る形をとってきているように思える。

遺族たちの泣きわめく声を耳にさせたことがまずかったのだろう……と、藤平は、思った。工事現場の死には、人夫たちの神経もかなり麻痺《まひ》している傾きがある。が、今度は、それだけでは済まされなかったようだ。炭化した遺体をなでまわして号泣する老人や女の姿や子供たちの姿を眼にした時、かれらの間には、なにかが起ったのだ。

かれらは、眼ざめはじめているのではないだろうか。遺族たちの姿を眼にした時、工事着手以来発生した事故で散乱した死体や、火ぶくれになった同僚の姿など多くの死の記憶が、一時にかれらの胸に生々しく蘇《よみがえ》ってきたのではないだろうか。

仮宿舎に足をふみ入れると、虱を取りながら屯《たむろ》しているかれらの間に、一瞬野分《のわき》が渡るような沈黙がひろがる。自分の眼と合うかれらの視線もすぐにさりげなく逸《そ》らされ、しかも自分の背には、かれらの視線が食い入るようにはりついているのを意識してしまうのだ。

かれらは、いつの間にか言葉数も少くなり、笑い声をあげることも稀《まれ》になってきている。それは、貫通が近づくにつれてたかまってくる緊張感とは全く異質のものであった。

人夫たちだけが一方的に死の代償をはらわねばならぬ矛盾した関係に、かれらは気づきはじめているのだろうか。おそらくかれらは、なにもわかっていないにちがいない。しかし、かれらが自分たちの間にひろがる沈鬱《ちんうつ》な気分の意味にふと思い当った時、かれらの眼は突然大きく見ひらかれるだろう。それは、かれらを刺激するなにかが起った時なのだ。

なにかが起ったのは、四月に入って間もなくだった。少くとも藤平には、その小事件がなにかに思えた。

雪のとけはじめた阿曾原谷宿舎の後方から、一箇の遺体が発見された。その部分の堆雪《たいせつ》はかなり深かったが、雪のとける速度も早く、その中から腕が突き出ているのを人夫の一人が眼にとめたのだ。

掘り起してみると意外にも行方不明者二十八名中の一人で、泡雪崩《ほうなだれ》の風圧でとばされたのか内臓を少しはみ出させているだけで、外部的な損傷はほとんどみられなかった。むしろ雪中に埋れていたため顔の形もくずれていず、それが冗談を言っては仲間たちを笑わせていた中年の穿孔夫《せんこうふ》であることはすぐにわかった。

根津は、当惑した。遺体の処理は、すべて終っている。警察の検視はすみ、遺族たちは遺体を引き取ってそれぞれの郷里で葬儀もすませてしまっているはずだ。そして、かれらには、会社からの弔慰金と保険会社からの保険金が規定通りに支払われ、後に残されたものはなにもないのだ。

圧《お》しつぶされて散った遺体の組合わせが、一組余計につくられてしまったことはあきらかだったが、すべてが終ってしまった現在、その穿孔夫の遺体は、ただ余分のものという意味しか持ってはいなかった。

根津は、天知と藤平に意見を求めた。

常識的には、遺体がさらに一体出てきたことを警察側につたえるべきだろうが、それによってかなりの混乱が起きることは容易に想像できた。

他《ほか》の二十七箇の遺体は、すでに宇奈月の焼場で焼かれ、遺族に渡された骨壺《こつつぼ》の中に納められて、それぞれの土地に散ってしまっている。それらは、当然土中に埋められていて、あらためて一体一体確認する方法は全くない。

遺族たちにしてみても、葬《ほうむ》った遺体が自分の肉親のものではないのかという疑惑に悩むだろうし、さらに保険会社は、遺体の身許《みもと》があきらかでないことを理由に、保険金の払い戻《もど》しを要求してくるにちがいなかった。

結局根津の主張を入れて、穿孔夫の遺体は、宿舎からかなりはなれた土中にひそかに埋葬されることにきまった。

棺が作られ、穿孔夫の体はその中に納められた。そして、シートでおおわれるとトタン板の上にのせられ、人夫頭と四人の人夫たちに曳《ひ》かれて、雪の表面から湧《わ》く靄《もや》の中を渓谷《けいこく》の上流の方へ遠ざかって行った。

それを見送る多くの人夫たちの表情を眼《め》にした時、藤平は、自分の背筋に冷たいものが流れるのをおぼえた。遺族にも手渡されず渓谷の奥に遺棄される穿孔夫の遺体に、かれらは、自分たちの置かれている立場をはっきりとさとったのだろうか。かれらは身じろぎもせずに、黙って視線を上流の方向に据《す》えつづけている。その眼には憤《いきどお》りを堪《た》えているような光が浮び上っていた。

四月末日、水路隧道《ずいどう》を掘進する仙人谷側・阿曾原谷側両坑道の切端《きりは》は、遂に一〇〇メートルの距離にまで短縮していた。阿曾原谷宿舎の事故で一カ月近く予定はおくれていたが、両工事班がそれぞれ日に一メートルの速度で進めば、六月中旬には貫通できることが予想された。

しかし、切端の岩盤温度は上昇をつづけ、五月上旬には阿曾原谷側坑道で軌道・水路隧道工事始まって以来の最高温度摂氏一六六度を記録、さすがの人夫たちも切端附近にとどまることができず工事は中断された。やむなく二昼夜にわたって熱気と湯気の排出につとめ、漸《よう》く岩盤温度が一六〇度近くまで低下したので工事を再開した。

藤平は、自然発火事故の起るのをおそれて穿《うが》たれた孔には必ず氷の棒をつめさせ、またズリ出し作業も発破後二時間経《た》ってからおこなうように厳重に指示した。また熱気で人夫の失神を防ぐために、必ず入坑前にカルシウム注射を打つことを励行させた。

仙人谷坑道では、切端が前進するにつれて湯のたまる量も多くなり、人夫たちは熱気と湯気と下半身をひたす湯に悩まされていた。かれらの尻《しり》や足は何度か皮膚がはがれ、それがどす黒く変色していた。

人夫たちの間の、眼にはみえない、しかしかなりはっきりとした異様な空気に気づいたのは、藤平一人だけではなかった。根津も技師たちもさらに人夫頭たちさえも、落着きを失ったようにかれらの気配をうかがいつづけていた。しかし、技師や人夫頭たちは、それに触れることを意識して避けているようにみえた。口にすることによって、それが自分だけの錯覚ではないことを知るのが不安であったのだ。

人夫たちは、こちらから声をかけても返事をしないことが多くなっている。かれらの間でも、笑いの表情をみせたり言葉を交すことがなくなってしまっているようだった。

しかし、かれら人夫たちには、作業を放棄する気配は全くみられなかった。むしろ、なにかに憑《つ》かれたように熱い坑内で働きつづけている。その眼には、為体《えたい》の知れぬ切迫した光がうかんでいた。

　五月中旬、残りダイの爆発事故が仙人谷側坑道で起り、三名の穿孔夫の体は四散し、五名の穿孔夫と「かけ屋」の人夫は重傷を負った。それを追うように三日後には、突然噴出した熱湯で阿曾原谷工事班の穿孔夫二名が上半身火ぶくれになって、一名は五時間後、一名は十八時間後に死亡した。

　藤平は、それらの事故が起る度に、自分の胸にひそむ恐怖感が一層たかまるのをおぼえた。が、人夫たちは、事故が起ってもはっきりとした反応をしめさず、その顔もほとんど無表情に近い。遺体が軌道トンネルをトロッコで下って行っても、かれらは見送ろうともしない。ただ口を閉ざして、眼を冷やかに光らせているだけであった。

　藤平は、かれらの沈黙とこわばった表情におびえた。作業を終えた後、かれらは仮宿舎でひっそりと時を過している。かれらのすることと言えば、衣服の裏側にうごめく虱《しらみ》取りとその卵をつぶすことだけである。その身をかがめた姿が屯《たむろ》している光景は、藤平の恐怖感を一層つのらせた。

　五月末日、水路隧道は三八メートルの岩盤を残すだけとなり、六月四日、仙人谷工事班、阿曾原谷工事班の間で激烈な掘進競争が開始された。

　人夫頭の怒声は、切端の坑道内にひびいたが、それに反応をしめすものはいなかった。しかし、かれらの作業には、軌道トンネル掘進競争の折とは異なった無言の殺気が感じられた。

かれらは、なにかと戦っていた。発破が終るか終らぬうちに、ズリ出し人夫はトロッコを突っ走らせて切端にしがみつく。残りダイの自然発火も、かれらは意中にないようだった。

火薬係も、氷の棒を穿《うが》たれた孔にさし込むことはしなかった。荒々しくダイナマイトを装塡《そうてん》すると、導火線に一斉《いっせい》に点火し、かれらは腰をかがめて待避する。

阿曾原谷工事班の進度はすさまじかった。一発破二十四時間が十八時間平均でおこなわれ、仙人谷工事班との差は大きくひらいていった。

両坑道の切端で、発破がくり返された。そして六月十四日の夜明け近く、阿曾原谷工事班の手でおこなわれた発破で、一メートル二〇センチの深さで岩盤が崩落し、両坑道の切端の間には二メートル強の岩盤が残されるだけになった。

その発破直後、切端でくりひろげられた光景は凄絶《せいぜつ》だった。二人の穿孔夫が、硝煙《しょうえん》の立ちこめる切端に突きすすむと、崩落したばかりの熱いズリの上に駈《か》けのぼった。「かけ屋」が、後方から穿孔夫めがけて二本のホースの水を叩《たた》きつける。岩盤とズリから水をはじき返すすさまじい音と同時に湯気が喚声をあげるように噴き上り、たちまち穿孔夫の体をつつみこんだ。しかし、穿孔夫は、鑿岩機《さくがんき》をはなさない。重々しい轟音《ごうおん》が、休みなく湯気の中からとどろいている。

交代の穿孔夫が、ズリをかけ上った。鑿岩機の音が一瞬やんだが、また新たな轟音が起った。ズリの山からおりてきた穿孔夫は、二人とも仰向《あおむ》けに倒れた。

やがて、鑿岩機が不意にうつろな音に変った。探り鑿《のみ》の尖端《せんたん》が、仙人谷側坑道の切端に突きぬけたのだ。

人夫たちは、号泣することも忘れたようにただ腰を落し、荒く息をしているだけだった。

——鑿先貫通時は、午前六時十分。佐川組第一工区阿曾原谷・仙人谷間七〇四・九六メートルの水路隧道は、一年三カ月の歳月にわたる難工事の末、貫通された。

その日の夕方、藤平は、根津、天知とともに人夫たちの眼をかすめて阿曾原谷工事現場をはなれた。前日の火薬庫の点検で、十本のダイナマイトが消えていることが発見されたからであった。

火薬庫の錠は強引にねじ切られ、ダイナマイトが誰《だれ》かの手で盗み出されたことはあきらかだった。調査はひそかにおこなわれたが、その所在はつかめなかった。

ダイナマイトは、激烈をきわめる掘進競争と関係をもつものだと推測された。阿曾原谷工事班の進度は優勢を保っていたが、不測の事故が発生して一発破でも遅れをとれば情勢は逆転する。そして、仙人谷工事班の手で、軌道トンネルの鑿先貫通につづいて、再び阿曾原谷側切端に探り鑿の尖端がのぞくこともあり得るのだ。

阿曾原谷工事班の人夫たちは殺気立っている。かれらが再び仙人谷工事班に苦汁《くじゅう》をのまされた折には、ダイナマイトを利用して鬱憤《うっぷん》をはらす事態も予想できた。

が、その懸念《けねん》は、阿曾原谷工事班の鑿先貫通によって消えた。かれらは、軌道トンネルの掘進競争の雪辱をとげたのだ。藤平は、安堵《あんど》をおぼえた。高熱地帯を掘進した軌道・水路両隧道を貫くことができた歓喜が、あらためて胸にあふれた。

が、年老いた人夫頭が思いがけぬことを口にし、藤平の顔は青ざめた。人夫頭は、長い年月人夫たちを使ってきた経験から、阿曾原谷事故以来はっきりとした形をとってきた人夫たちの異様な空気とダイナマイトの紛失の間に関係があるらしいと言うのだ。そして、根津、天知、藤平の三人は、急ぎ工事現場をはなれるべきだと言う。

根津は、笑ってとり合わなかった。しかし、人夫頭は、頑《かたく》なにただ離れるようにという言葉をくり返しつづけた。

その人夫頭の眼に、暗い憎しみの光がただよっているのを見た根津の顔から笑いの色が消えた。重苦しい沈黙がつづいた。根津は、人夫頭の言葉に素直に従うことをきめたのだ。

三人は、横坑をぬけると軌道トンネルを下った。かれらは、黙ったまま足を早めた。

藤平は、一歩一歩恐怖感がたかまってくるのをおぼえた。散乱し肉塊に化した遺体、圧《お》しつぶされた人夫たちの体、炭化した焼死体、そして遺体にとりすがって泣きわめく遺族たちの姿が、自分の体をぎっしりと埋めてくる。

藤平は、絶えず薄暗い坑道を、背後から人の足音が追ってくるような予感におびえた。坑道一杯に、人夫たちが無言でかれらを追ってくる。かれらは、死者の怨嗟《えんさ》をその背に負っている。

坑道には、点々と灯《ひ》がともっている。湧水《ゆうすい》が、坑道に小さな流れをつくっている。三人の足音が、坑道内にかすかに反響した。その音が、ひそかに追ってくる無数の人夫たちの足音のように錯覚された。

根津の顔には、ひきつれた微笑が浮んでいた。それは、恐怖感をまぎらわせるためのものか、それとも工事を終えた満足感からなのか、藤平にはいずれともわからなかった。

かれらは一度も振り向くこともせず、口をつぐんで軌道トンネルを下りつづけた。

黒部第三発電所建設工事は、仙人谷ダム完成を最後に、昭和十五年十一月二十一日に完工。全工区の犠牲者は三百名を越えたが、その中で佐川組請負いの第一・第二工区の人命損失は二百三十三名を占めていた。またこの建設工事を計画し指導した日本電力株式会社は、この難工事を最後に、戦争遂行のために設けられた電力国家管理法にもとづいて解体され、大半の土木技術者たちは国内・外に散った。

あとがき

十年ほど前、黒部第四発電所建設工事のおこなわれていた黒部渓谷《けいこく》を訪れたことがある。宇奈月から欅平《けやきだいら》まで黒部鉄道の軌道車に乗り、欅平からさらに隧道《ずいどう》内に設けられた大きなエレベーターに乗り込んだ。今思い返してみると、そのエレベーターでのぼった二〇〇メートルほどの竪坑《たてこう》は、黒部第三発電所建設工事第三工区の掘鑿《くっさく》した竪坑であった。

エレベーターの終点の隧道内には、密閉できるようになっている木製の箱車が待っていた。やがて軌道車が動きだしたが、しばらく進むと妙な熱さが私の体を包みこみ、かたく閉ざされた扉《とびら》のすき間からも湯気が入りはじめてきた。箱にとりつけられた小さなガラス窓から外をみると、隧道内には濃い湯気が充満している。急速にたかまってくる熱気とそして湯気の密度に、私は、なにかこの隧道内に異常事態が起っているのではないかと思った。が、同乗している労務者たちは、顔を伏せてじっと堪えているような姿勢をとりつづけている。私は、漸《よう》く熱気と湯気が、その隧道にとっては正常なものであるらしいことに気がついた。しかし、その異常な熱さは私の落着きを失わせた。そして、息苦しさの限界がきたと思った頃《ころ》、坑道内に明るみがさして、熱気も湯気もうすらいだ。軌道の終点、仙人谷に軌道車がすべり出たのだ。

私は、その時初めて高熱隧道の存在と、その工事が隧道工事史上きわめて稀《まれ》な難工事であることを知った。

私は、その折、黒部渓谷に二十日近くとどまったが、貫通を急いでいた大町トンネルの工事現場の光景には大きな衝撃をおぼえた。巨大なドリルジャンボーの穿孔《せんこう》、大きな岩石をすくい上げるロッカーショベルの動き。それらの中にまじって岩盤ととりくむ技術者や労務者は、あきらかに私とは異質の世界にすむ人間の姿であった。どうしてそのようになるのかわからないが、私は、何度もただ一人切端《きりは》の隅《すみ》や側壁に押しつけられてしまった。その折の身動きできなくなった自分に、私は、はかない人間としての自分の存在を見せつけられたような萎縮《いしゅく》した卑屈感と孤独感を味わった。

私は、その後何度かその折の印象を文字にしたいと願い、その都度失敗したが、やがて私の胸中に高熱の充満する隧道と大町トンネルの切端で得た印象とが結びついた。私にとっては、十年目にして漸く筆にすることのできた素材であった。

作品化に当っては、隧道そのものが実在するかぎり工事過程には出来るかぎり正確さを期した。完全な資料が残されていないので多少の過ちはあるかも知れないが、私なりの努力は果したつもりでいる。ただ登場する人物は、私の創作によるものである。私の主題を生かすために高熱の充満する隧道工事をかりて、それと接触した人間を描きたかったからである。

隧道工事の過程については、当時その工事に関係した今村常吉氏、高木天氏、宮嶋治男氏、大橋康次氏、勇内英次氏、稲垣力松氏、小町谷武司氏、青木宣一氏等多くの方々に御教示をいただいたことを記し、心から謝意を申し述べたい。

（昭和四十二年五月）

解説

久保田正文

日本電力株式会社が、黒部第三発電所建設工事に着手したのは昭和十一年八月中旬であった。工事は三工区にわけて、それぞれの土木会社が請負ったが、加瀬組の請負った第一工区がもっとも難工事であった。〈黒部渓谷《けいこく》の上流仙人谷でのダム構築・取水口《すいこう》・沈砂池の建設とそれに仙人谷から下流方向の阿曾原谷附近までの水路・軌道トンネルの掘鑿《くっさく》〉が、その工事概要であった。阿曾原谷側と、仙人谷側と双方から掘り進める工事で、全長九〇四メートルの軌道トンネルを開通させるのに二年四カ月かかり、黒部第三発電所建設の全工事完成は昭和十五年十一月二十一日ということになっている。なかでも、阿曾原谷側の掘鑿が言語に絶する難工事で、それを最初に請負った加瀬組は、三〇メートル掘ったところで〈尻《けつ》を割〉った。つまり工事放棄である。第二工区を請負っていた佐川組がその後をひきうけることになる。調べてみると、たった三〇メートル掘進しただけで岩盤温度摂氏六五度に達しているのである。佐川組の事務所長根津太兵衛は、これまで一〇〇キロメートルの隧道《ずいどう》貫通の経歴の誇りにかけて、意地でもその工事を完成させようとこころにきめる。工事課長の藤平健吾が、根津に随順している。

黒部第三発電所建設工事全体を背景にしているけれども、『高熱隧道』のテーマは、この阿曾原谷側軌道トンネル工事における一年四カ月の、自然と人間とのたたかいである。岩盤温度六五度からはじまって、掘鑿の進行にしたがって徐々にエスカレートし、何段階かを経てついに一六六度にまで達する。ハッパ用ダイナマイト使用については、火薬類取締法で四〇度が限界と法定されているのであるが、はじめからその限界は無視されている。当然勃発《ぼっぱつ》する事故に対して、つぎつぎに新しい対策を現場処理してゆかなくてはならぬ。人夫たちの坑内作業三〇分さえも、やがて二〇分にきりつめられる。水冷装置なども工夫される。地質学者たちの調査や分析がいかに無責任なものであるかも、現実の前に暴露される。この全工区での死者は三百名をこえているが、そのうち佐川組請負いの第一・第二工区の人命損失が二百三十三名を占めていたとしるされている。作中に分散して叙述された、たとえば二回の〈泡《ほう》なだれ〉を含むいく度かの事故での、阿曾原谷側工事の主要事故死者を合計しただけでも百八十八名にのぼる。第三章に叙述された七月二十八日の、死者八名を出した爆発事故での、根津の屍体《したい》扱いの場面は、この作品での前段のヤマ場である。昭和十三年冬の、第一回泡なだれのときには死者八十四名を出しているのであるが、この事件が後段でのひとつのヤマ場であるとともに、いわゆるモンスーン地帯にあって、比較的おだやかな自然条件にめぐまれていたと信じられていたこの日本列島も、部分的にはどれほどすさまじい自然の暴威に、偶然的・瞬間的におそわれるものであるかという、かくされた事実をまざまざと示している。

昭和十一年八月から、四年間にわたって、これらの巨大な人間的犠牲を含む工事が強行されたことの全体の背景には、言うまでもなくイタリアやドイツやにおけるファッシズム、ナチズムに呼応した日本の帝国主義的侵略主義の全体が働いていることを、作者は見通したうえで構成している。工事監督の直接責任官庁である富山県庁が、度かさなる事故に際して工事中止命令を出すが、国家権力は、陸軍省から陸軍中将を主班とする視察団を派遣したり、泡なだれ事故のあとには天皇の見舞金（死者一人あたり二十五円）をとどけたりすることによって、急場をごまかしてゆく。つまり国家がみずからの手で法律を無視する状況を作者は周到に描きこんでいる。昭和十二年七月七日の中日事変決定段階以後の状況に応じた、わが国の戦時体制に組みこまれた土木工事であることを、作品は明らかに認識している。のみならず、この工事の国家的なスケールにおける非人間性を、そこに酷使されている人夫たちが、自然成長的に自覚しはじめて、〈なにかが起〉りはじめている姿をも、作者は結末部分に書きとめている。もっとも、この〈なにか〉は、現実には不発に終り、むしろ労働者たちの無気味な沈黙に圧された根津太兵衛ら工事の監督・推進に当った三人が、ひそかに山を去ることによって作の結末がつくられているのではあるが。

言うまでもなく、この結末の設定は作者のつくったフィクションである。けれども、〈たとえ事実がいかようであろうとも、どうしても逃げなくちゃならない、逃げるほうが真実なんだということで〉結末をあのように創《つく》ったのだと、作者じしん語っている。（対談『事実と虚構の間』――「風景」昭和四十五年十一月号）

客観的に、あるいは歴史的・社会的に言えば、あの巨大なエネルギーを犠牲にしつつ高熱隧道を完成させた原動力は、国家の軍事目的であった。しかし、すべての戦争ははかなく終る。わがくにの十五年戦争すらもその例外をなすものではなかった。それに対して、ひとたび完成された隧道は、あたかもそれが自然の一部分に組みこまれたかのように、戦争を超えて遥《はる》かに永く生き延びる。黒部渓谷をつらぬくあのトンネルは、それじしんが戦争のために利用されるのを黙って見つづけて来たが、それにひきつづく時代にはやがて戦後のいわゆる〈平和産業〉のためによろこび迎えられる時代をも過ぎ、さらにそれにひきつづく時代の公害産業の原動力を提供することになるじぶんじしんの皮肉な運命の変転をも、あいかわらず黙って眺《なが》めつづけている。三百余名の人命を内に呑《の》み込んで、崇高ともみえ、醜悪とも言いうる凝結した風貌《ふうぼう》をさらしながら。

それならば、作者がこの作品で、結局のところ追究しようとしたテーマは、あるいはこの劇的な材料に挑《いど》んだときの基本のモティーフはどこにあったのだろうか。学者たちの智恵《ちえ》を超えて、現場に臨んだ監督者たちや労働者たちがつぎつぎと新しい工法を発見し工夫してゆく過程にあっただろうか。作業の苦しさに人間がどれだけ耐えるかという極限状況への関心にあっただろうか。世界的に言って曾《かつ》て無い難工事を完成させた土木事業に対する驚きと感歎《かんたん》にあっただろうか。英雄的な根津や藤平やの情熱と、それにもかかわらずその敗北に到《いた》る変転にあっただろうか。あるいは戦争―平和―公害と幾変転する隧道の皮肉な運命に関する興味にあっただろうか。前後二つのヤマ場として、私が前にあげた劇的場面を描くことにあっただろうか。

もちろん、それらすべてに、作者の関心はそれぞれの比重においてかかっているだろう。しかし、それらすべてをディテールとして、その全体の背後に巨《おお》きくうかびあがるのは、自然と人間とのたたかいというテーマにほかなるまい。全世界の気象学者たちにとっても極めて稀《まれ》な観測例としての泡なだれの混乱のなかで、根津も藤平もかんがえる。――〈黒部渓谷は、まだ人間の知識や能力ではおよびもつかない為体《えたい》の知れぬ強大な力をもつ大自然なのだろうか〉〈自然に屈することは堪えがたい屈辱にちがいない〉――そして作者は、彼ら技術者たちのふしぎな情熱に関してつぎのような説明をくわえている。〈なぜ人間は、多くの犠牲をはらいながらも自然への戦いをつづけるのだろう。たとえば藤平たち隧道工事技術者にしてみれば、水力用隧道をひらき、交通用隧道を貫通させることは、人間社会の進歩のためだという答えが出てくる。が、藤平にとって、そうした理窟《りくつ》はそらぞらしい。かれには、おさえがたい隧道貫通の単純な欲望があるだけである。発破をかけて掘りすすみ、そして貫通させる、そこにかれの喜びがあるだけなのだ。自然の力は、容赦なく多くの犠牲を強《し》いる。が、その力が大きければ大きいほど、かれの欲望もふくれ上り、貫通の歓喜も深い〉

カントが、『純粋理性批判』のなかで、人間における技術の意義を語った一節が、おのずからここにうかんでくる。〈自然に圧迫をくわえ、自然を強要し、自然そのものの目的にしたがって振舞わずして、かえってわれわれ人間の目的に自然を自屈せしめる人間の技術〉と、それを規定している。〈山崎宏「カントに於ける技術の問題」――理想社刊『若き哲学徒の手記』所収参照〉

『高熱隧道』は、「新潮」昭和四十二年五月号に発表された。

吉村昭における、いわば〈調べた小説〉ともいうべきジャンルの、このタイプの小説は、その前年の「新潮」九月号に発表した『戦艦武蔵《むさし》』にはじまっている。『殉国』（昭和四十二年）、『零式戦闘機』（昭和四十三年）、『陸奥《むつ》爆沈』（昭和四十五年）、『日本医家伝』（昭和四十六年）その他というふうに、このタイプの作品がつづいている。

ところで、吉村昭の初期作品としての『青い骨』（昭和三十二年）、『少女架刑』（昭和三十五年）などを読んできた読者としては、その線を太宰治賞受賞作『星への旅』（昭和四十一年）までと言わず、黒部ダム建設事件に材料をとった『水の葬列』（昭和四十二年一月）まで延ばしてみても、『高熱隧道』系の作風と、それらはほとんど対照的に異質であることを明らかに感ぜざるをえない。『青い骨』系が、感覚的・心理的に繊細で内面的に、いわば女性的体質の作風であるとすれば、『高熱隧道』系は叙述的・物語的に骨太で客観的に、いわば男性的体質の作風である。

その、断絶というか飛躍というかについて私は、前掲の対談『事実と虚構の間』のとき作者に質問したことがある。作者の年譜によると、昭和二十二年から昭和二十五年ころまで、胸部疾患で病臥《びょうが》し、手術をうけた経験があり、健康恢復《かいふく》後に小説を書きはじめたことが知られる。そのところを、作者は対談でつぎのように説明してくれて、私はなっとくした。

〈いままで自分で書いてきたものを考えますと、手術したことと戦争と、その二つに分けられるような気がします。（中略）手術したあと、ともかく時間を惜しんで生きていきたいという考え方が強いものですから、そういうことで、トンネルをつくる、掘る、四年間にその人が完全に燃焼したならばそれでいいんだという考え方が共感としてあるんです〉

著者の評論集『精神的季節』（講談社、昭和四十七年九月刊）に、「創作と記録」「『高熱隧道』の取材」その他がある。

（昭和五十年五月、文芸評論家）

この作品は昭和四十二年六月新潮社より刊行された。

吉村昭著
戦艦武蔵
菊池寛賞受賞

帝国海軍の夢と野望を賭けた不沈の巨艦「武蔵」――その極秘の建造から壮絶な終焉まで、壮大なドラマの全貌を描いた記録文学の力作。

吉村昭著
星への旅
太宰治賞受賞

少年達の無動機の集団自殺を冷徹かつ即物的に描き詩的美にまで昇華させた表題作。ロマンチシズムと現実との出会いに結実した6編。

吉村昭著
冬の鷹

「解体新書」をめぐって、世間の名声を博す杉田玄白とは対照的に、終始地道な訳業に専心、孤高の晩年を貫いた前野良沢の姿を描く。

吉村昭著
零式戦闘機

空の作戦に革命をもたらした〝ゼロ戦〟――その秘密裡の完成、輝かしい武勲、敗亡の運命を、空の男たちの奮闘と哀歓のうちに描く。

吉村昭著
陸奥爆沈

昭和十八年六月、戦艦「陸奥」は突然の大音響と共に、海底に沈んだ。堅牢な軍艦の内部にうごめく人間たちのドラマを掘り起す長編。

吉村昭著
漂流

水もわかず、生活の手段とてない絶海の火山島に漂着後十二年、ついに生還した海の男がいた。その壮絶な生きざまを描いた長編小説。

高《こう》熱《ねつ》隧《ずい》道《どう》

新潮文庫　よ－5－3

昭和五十年七月二十五日　発　行
平成二十二年七月二十日　五十三刷改版
令和　七　年六月二十日　七十三刷

著　者　吉《よし》村《むら》　昭《あきら》

発行者　佐藤隆信

発行所　株式会社　新潮社
郵便番号　一六二―八七一一
東京都新宿区矢来町七一
電話　編集部(〇三)三二六六―五四四〇
　　　読者係(〇三)三二六六―五一一一
https://www.shinchosha.co.jp

価格はカバーに表示してあります。

乱丁・落丁本は、ご面倒ですが小社読者係宛ご送付ください。送料小社負担にてお取替えいたします。

印刷・錦明印刷株式会社　製本・株式会社大進堂

ISBN978-4-10-111703-4 C0193